D1297593

Cher Journal

Rêves déçus

Henriette Palmer,
au temps de la ruée vers l'or

BARBARA HAWORTH-ATTARD

Texte français de Martine Faubert

Éditions
SCHOLASTIC

Date	Article	Prix
Mars 10	50 livres de farine de sarrasin	2,25
	20 livres de bacon	2,00
	1 sac de pommes séchées	1,50
12	7 verges de flanelle	1,05
17	frais postaux	0,25
	4 écheveaux de fil	0,25
18	comprimés contre le mal de tête	0,25
	2 culottes en flanelle	0,25
19	denrées diverses : thé, sucre, poivre, sel, bicarbonate de soude	3,00
24	1 once de teinture d'iode	0,05
	1 bouteille de naphte	0,05
Avril 1er	Solde reporté	1,85
	fèves	0,35
	orge	0,20
4	1 boisseau de pommes de terre	0,50
	1 douzaine d'œufs	0,16

Upper Fort Garry,
colonie de la rivière Rouge,
1862

15 mai 1862

Upper Fort Garry, colonie de la rivière Rouge

Nous avons mis maman en terre, aujourd'hui.

Je n'avais pas l'intention d'écrire ces mots. Comment peut-elle être morte, alors que je la vois encore, assise à cette table, la tête penchée et la plume à la main, occupée à remplir les pages de ce livre de compte, sans laisser d'espace ni à gauche ni à droite, comme à son habitude? Ça y est : j'ai laissé tomber une larme, et l'encre se dilue sur la page. Je n'ai pas le temps de pleurer. Je dois me remettre le nez dans le livre de compte. Il faut que je sache quelle est notre situation financière.

15 mai 1862, le soir

Je dois finalement admettre que maman est partie pour toujours. Pendant la mise en terre, je suis restée debout sans bouger et sans regarder le cercueil, ni la petite tombe à côté, où le petit Robert a été enterré il y a un mois et demi. Il n'a survécu que quelques semaines. Parfois, mes yeux fixaient l'horizon plat, dans l'espoir de voir arriver papa, et parfois, je jetais sur Mme Owen un regard furieux.

Le révérend Corbett a récité sa prière à la hâte, tandis que de gros nuages noirs s'accumulaient à l'horizon et que le vent soulevait des tourbillons de poussière autour de nos pieds et jusque dans nos visages. Les gens, tout de noir vêtus et levant sans cesse les mains pour se protéger les yeux, avaient l'air de corbeaux. Quant à moi, je restais les bras baissés, accueillant même volontiers, sur mon visage, la morsure du vent chargé de poussière. C'était la première fois que j'éprouvais une sensation physique depuis la mort de maman. Avant même que l'oraison funèbre soit terminée, les gens ont commencé à partir pour retourner au plus vite à Fort Garry ou chez eux, dans la colonie. Je me suis attardée encore quelques minutes, scrutant encore une fois la prairie. Papa devait certainement savoir que maman était morte d'une fièvre causée par l'accouchement. Est-ce qu'il n'aurait pas dû le sentir et être déjà sur le chemin du retour? Mais je ne voyais personne.

« Rentrons au fort, Henriette », m'a crié Mme Owen, mais j'ai fait la sourde oreille. Je suis comme cela, entêtée. C'est un de mes défauts. Mme Owen s'est mise à cajoler Lola et à lui parler doucement, puis elle a entouré les épaules de William de son bras. Alors je me suis précipitée pour les rattraper; j'ai pris les deux petits par la main et les ai éloignés d'elle. Ils sont à maman, pas à Mme Owen. Ils sont à *moi*.

17 mai 1862

Notre situation financière n'est pas brillante. Nous avons dépensé tout notre argent, et même plus. Maman croyait manifestement que papa allait revenir des terrains aurifères les poches bien remplies. Sinon, pourquoi aurait-elle laissé s'accumuler une si grosse dette au magasin des Owen? Selon sa comptabilité, une grosse partie de la somme que la vente du moulin de papa nous a rapportée a servi à payer notre voyage en train et en diligence depuis le Canada-Ouest jusqu'à la colonie de la rivière Rouge. Papa s'est servi d'une autre partie pour payer sa part dans l'acquisition d'une charrette et d'un bœuf qui allaient lui permettre de se rendre aux terrains aurifères de la Colombie-Britannique. Le reste a été utilisé pour acheter notre nourriture durant les mois d'hiver.

Je ne me sens pas le droit d'examiner les chiffres serrés écrits par maman (les questions d'argent sont des affaires privées), mais j'ai entendu Mme Owen raconter à d'autres femmes du fort que nous étions orphelins et sans le sou. C'est le bouleversement complet dans ma tête. Je ne sais pas quoi faire!

18 mai 1862

Je m'en veux de gaspiller de l'encre et du papier en consignant ce qui m'arrive au jour le jour dans le livre de compte de maman, mais je n'ai pas d'amis ici et cela m'aide à me sentir moins seule.

J'ai passé la journée à faire le tour du fort, pour demander si on pouvait me donner du travail. J'ai remonté mes cheveux à la manière de maman, pour faire plus vieille que mes 12 ans, j'ai brossé ma jupe et je me suis forcée à sourire. J'ai tenté ma chance à la résidence du commandant de la Compagnie de la Baie d'Hudson, puis aux résidences des autres représentants, où j'ai offert mes services à titre de bonne ou d'aide-cuisinière, mais on n'avait rien à m'offrir. Ensuite, je me suis présentée à la caserne, mais un soldat s'est mis à rire et a dit que j'étais trop maigrichonne pour pouvoir travailler. Je voulais lui répondre que les gens maigres sont ceux qui travaillent le plus fort, mais je n'en ai pas eu le cœur.

20 mai 1862

J'aimerais qu'il en soit autrement, cher journal, mais je n'ai pas les moyens de faire vivre Lola et William. Hier, on nous a dit de libérer les chambres que papa avait prises pour nous. J'ai donc été obligée de m'en remettre à Mme Owen. Les yeux plissés, elle m'a examinée de la tête aux pieds, mais son visage s'est éclairé en voyant Lola. Son mari a donné à William des sacs de farine à empiler. J'ai assuré à Mme Owen que papa allait bientôt être de retour avec des sacs remplis d'or et qu'il les rembourserait généreusement pour leurs peines. Elle m'a demandé de balayer le plancher du magasin. Puis elle a pris Lola dans ses bras et l'a emmenée en haut, dans leurs appartements.

22 mai 1862

J'ai entendu M. et Mme Owen parler, hier soir. Ils discutaient de leur projet de retourner à Toronto l'an prochain. Mme Owen se plaignait des grandes étendues; quand j'y pense, je ne me rappelle pas l'avoir vue souvent à l'extérieur du fort. Lorsqu'elle est obligée de sortir, elle longe la palissade et, à la première occasion, se précipite à l'intérieur. Mais le pire de tout, c'est qu'elle veut emmener Lola avec elle! Lola lui rappelle la petite fille qu'elle a perdue, il y a quelques années. M. Owen a dit qu'il aimerait prendre William aussi, car, à 10 ans, c'est déjà un solide gaillard et qu'il pourrait lui être très utile. Puis il y a eu un moment de silence. « Et Henriette? » a fini par demander Mme Owen d'un ton dur, comme chaque fois qu'elle parle de moi.

M. Owen a dit qu'il pensait pouvoir me trouver une place comme bonne dans une famille, les Schubert, qui possède un débit de boissons de l'autre côté de la rivière. Je n'arrive pas à croire que les Owen pensent me laisser ici et emmener Lola et William avec eux! « Ce serait parfait, a dit Mme Owen. Elle n'est qu'une bouche de plus à nourrir, sans compter qu'elle n'est pas très jolie. »

Je la déteste, Mme Owen, mais, en écrivant ceci, je sais qu'elle a en partie raison. En nous regardant côte à côte, Lola et moi, on ne pourrait jamais deviner que nous sommes des sœurs, elle avec ses boucles blondes et ses grands yeux bleus, et moi avec mes cheveux bruns tout raides, mon visage au teint terreux, recouvert de taches de rousseur que pas même une généreuse application de jus de citron ne peut atténuer, et mes yeux tellement idiots qu'ils n'arrivent pas à décider s'ils vont être verts ou gris. Alors, ce qu'elle dit est vrai, mais cela fait tout de même mal à entendre.

J'ai perdu maman et un petit frère. Je ne perdrai pas Lola ni William. Je vais trouver une solution.

24 mai 1862

Aujourd'hui, c'est l'anniversaire de la reine. La journée a commencé par un tir d'artillerie, puis les soldats ont défilé sur le petit terrain de manœuvres et tout le monde s'est généreusement rincé le gosier.

25 mai 1862

Comme j'aimerais que papa soit de retour! J'ai trouvé la lettre qu'il nous avait envoyée de Fort Edmonton, glissée entre les pages du livre de compte de maman. Il y dit qu'il va bien et qu'il arrivera bientôt aux terrains aurifères. Je me rappelle le jour où nous avons reçu cette lettre et combien maman a pleuré. J'ai pensé envoyer une lettre à papa afin de lui annoncer la mort de maman, mais je ne sais même pas où l'adresser.

26 mai 1862

J'ai surpris Mme Owen en train de parler de moi avec la femme du capitaine. « Elle ne pleure même pas la mort de sa mère, a dit Mme Owen. Elle n'est pas normale. » Sa remarque m'a blessée jusqu'au plus profond de mon âme! Je n'ai tout simplement pas eu le temps de penser à mon chagrin. Je ne pense qu'à trouver un moyen de garder Lola et William près de moi. Je déteste Mme Owen! Maman me gronderait d'avoir de telles pensées, mais je n'y peux rien. Je la déteste! Même si je dois aider Mme Sinclair à faire la lessive des soldats, je le ferai, car cela me permettra de me tenir loin de cette horrible femme.

27 mai 1862

J'ai quitté le fort ce matin, au petit jour. J'avais besoin de m'évader, de réfléchir sans que la voix de Mme Owen me casse sans cesse les oreilles. Je sais que je devrais lui être reconnaissante de nous avoir pris chez elle (comme elle s'emploie à me le rappeler une douzaine de fois par jour), mais j'en suis incapable. Au déjeuner, j'ai dit à Lola que papa serait bientôt de retour. Mme Owen a pincé les lèvres.

« N'y compte pas trop, ma fille. »

« Il va revenir », ai-je rétorqué.

« Ceux qui meurent là-bas sont plus nombreux que ceux qui en reviennent, a-t-elle dit. Il n'aurait jamais dû partir et laisser sa famille se débrouiller toute seule. »

Je n'avais rien à répondre à cela, puisque je dois avouer, à ma grande honte, que j'ai déjà fait exactement les mêmes reproches à papa, au fond de mon cœur. Il n'aurait pas dû nous quitter.

Dehors, j'ai vu Mme Sinclair devant la porte de sa tente, en train d'attiser le feu pour le déjeuner. Avec son nom anglais et son visage d'Indienne, elle se déplace librement, tant chez les Indiens que chez les Blancs. La plupart des femmes blanches font semblant de ne pas la voir, mais maman la saluait et parlait avec elle. Il y a un gros campement indien, aux portes du fort. Autrefois, ils me faisaient peur, mais je me rends compte maintenant qu'ils ne représentent aucun danger pour moi. J'ai été très fâchée d'entendre Mme Owen raconter aux autres dames du fort que c'était *elle* qui avait pris soin de maman alors qu'en réalité, c'était Mme Sinclair qui l'avait aidée avec ses potions et ses compresses. J'ai pensé lui demander à propos de la lessive, mais la grande fatigue qui m'a envahie a plutôt dirigé mes pas vers la rivière.

L'air du matin était clair, mais un peu frais. La terre est dénudée ici, les arbres ayant été abattus tout autour du fort, mais le paysage garde une certaine beauté, qui me satisfait. Tandis que des canards prenaient leur envol sur un fond de ciel matinal or et rose, un souvenir de fusain et de papier s'est réveillé dans mes doigts. J'avais fait beaucoup de croquis chez nous, au Canada-Ouest, mais ici, je n'ai pas de papier. Ce n'était qu'une idée passagère, qui s'est effacée de mon esprit aussitôt que les canards ont disparu à l'horizon.

29 mai 1862

J'ai eu la peur de ma vie, aujourd'hui, quand tous les fusils du fort se sont mis à tirer en même temps, puis qu'une riposte venant de la rivière s'est fait entendre. J'ai cru que nous nous faisions attaquer, mais ce n'était que l'*International*, le bateau à vapeur qui arrivait, pour son voyage inaugural. Des Indiens couraient le long de la berge en tirant des coups de fusils en signe de bienvenue. Le bateau était plein d'hommes qui espéraient faire fortune grâce aux terrains aurifères de la région de Cariboo. D'autres étaient arrivés la semaine dernière, en diligence ou en charrette. L'or! L'or, encore l'or et toujours l'or! Ils ont tout le temps ce mot à la bouche! Ils en font une maladie. Et c'est une maladie que papa a attrapée.

Beaucoup arrivent du Canada-Ouest. Certains viennent même de la région de London, où nous habitions, dont deux frères : Joe et Harry Morgan. Je leur ai demandé s'ils se souvenaient de nous ou de notre moulin. Joe, le plus jeune des deux, qui doit avoir 18 ans, a plissé les yeux et froncé les sourcils, l'air de chercher dans tous les recoins de sa mémoire. Harry, le plus vieux, a secoué la tête avec impatience en regardant son frère et, d'un ton désagréable, il a dit qu'ils ne nous connaissaient pas.

Les hommes, qui sont plus d'une centaine, sont installés dans un campement à l'extérieur du fort. L'un d'eux s'est promené dans la colonie, une tablette à dessin à la main. J'ai demandé à un soldat qui il était. Il m'a répondu que c'était William George Richardson Hind, un monsieur très bien et un artiste. Un authentique artiste! Je l'ai suivi pendant quelques minutes; puis il s'est arrêté, a parcouru du regard la vaste prairie qui s'étendait devant lui et, la pipe à la bouche, s'est mis à dessiner d'une main sûre. Il fait élégant avec son crâne chauve, sa barbe courte et ses lunettes. Malheureusement, tandis que je m'approchais de lui pour jeter un regard furtif à son croquis, il a tourné les yeux dans ma direction! Je me suis enfuie à toutes jambes.

30 mai 1862

Aujourd'hui, j'ai entendu Lola appeler Mme Owen « maman ». Je l'ai secouée et lui ai dit qu'elle ne devait plus jamais donner ce nom à Mme Owen. Lola s'est mise à pleurer et a dit que c'était Mme Owen qui lui avait demandé de l'appeler ainsi. J'ai regretté mon mouvement de colère et j'ai pris Lola sur mes genoux, en me disant que ce n'était pas sa faute. Elle n'a que quatre ans, après tout.

31 mai 1862

J'ai un plan! Maman ne l'approuverait pas, mais je me suis rapprochée des hommes pour les écouter parler des terrains aurifères. Mme Sinclair était là, occupée à ramasser le linge à laver, et je crois qu'elle écoutait, elle aussi. Les hommes parlaient du coût des vivres, de la route à suivre et de l'avantage qu'il y avait à avoir un guide qui puisse les emmener jusqu'à Fort Edmonton. Ces discussions sont interminables, et je crois qu'ils devraient en arriver au plus vite à une décision, sinon ils risquent de passer encore tout l'été à en parler. Ou pire, je risque de perdre le courage de mettre mon plan à exécution!

2 juin 1862, le soir

Quelle audace de ma part! Quoique épuisée par la peur et l'appréhension, je demeure éveillée, enroulée dans une couverture sous la voûte étoilée du ciel de la prairie! En route vers Cariboo! Que dis-tu de cette introduction dramatique, cher journal? J'ai décidé de t'emporter avec moi afin de consigner mes aventures, pour William et Lola. Je me vois déjà assise avec eux, tous les trois enveloppés par la chaleur d'un bon feu tandis que le vent d'hiver souffle dehors, et eux qui écarquillent les yeux d'étonnement, en entendant tout ce qui m'est arrivé. Mais cela est pour plus tard.

Mon plan était de demander à me joindre au convoi partant pour Cariboo afin d'aller chercher papa et de le ramener auprès de William et de Lola. Mais j'ai changé mon plan quand j'ai entendu un homme dire qu'aucun « jupon » ne serait admis dans ce convoi. (Pourtant Mme Schubert – sans contredit, un de ces « jupons » – est du voyage, avec M. Schubert et leurs trois enfants, mais cela, c'est une autre histoire, que je raconterai une autre fois.)

Qu'est-ce que j'allais faire? Mon esprit était complètement bouleversé, quand, soudain, un autre plan encore meilleur y a germé. Avec seulement deux jours pour tout mettre au point! J'ai raccourci un vieux pantalon de papa et les manches d'une vieille chemise de lainage que j'ai trouvée dans le sac à chiffons de maman. J'ai ajouté à cet accoutrement un chapeau et de grosses bottes appartenant à William, et voilà : j'avais l'air d'un vrai garçon! J'ai trouvé deux vieux sacs de voyage que maman avait utilisés lors de notre périple depuis le Canada-Ouest. Voici ce que j'ai mis dedans : une casserole, un poêlon, une outre pour l'eau, une écuelle, un gobelet, une fourchette, un couteau à parer, des aiguilles et du fil, des sous-vêtements de rechange, une autre chemise (aussi récupérée dans le sac à chiffons et trouée aux coudes) et un sac de 10 livres de farine, de pois et de pommes séchées, que j'ai pris dans le magasin (avec l'intention de les payer *le double* de leur prix à Mme Owen quand je reviendrai avec papa et son or), une livre de bicarbonate de soude (nous appartenant en propre), de l'encre et une plume que j'ai enveloppées dans un bout de toile imperméable et, bien sûr, toi, cher journal. J'ai fixé deux couvertures au bas du sac, pour le coucher. Il est lourd, ce sac de voyage, mais je peux encore le porter. De toute façon, je n'ai pas le choix, car je n'ai pas de charrette (qui, avec le bœuf de trait, coûte 40 $!) pour porter mes affaires. Au moins, je n'ai pas besoin des outils du chercheur d'or, comme des pics et des pelles, contrairement aux autres membres de l'expédition. J'aurais aimé emporter du pemmican, mais je n'avais pas d'argent pour m'en procurer à la réserve à pemmican. J'ai mis longtemps à décider si je devais ou non emporter avec moi l'alliance et la montre de maman. Ce sont les seuls objets de valeur que je possède. Finalement, j'ai cousu l'alliance dans la ceinture de mon pantalon et enfoui la montre tout au fond de mon sac de voyage. Je ne m'en servirai qu'en cas de besoin.

Ce matin (était-ce vraiment ce matin?), je me suis changée dans un bosquet de trembles et me suis coupé les cheveux à hauteur des épaules. Quand je suis ressortie du bosquet, j'ai été tellement surprise que mon cœur s'est presque arrêté de battre! Mme Sinclair se tenait là. J'ai cru qu'elle allait essayer de m'arrêter, mais elle m'a tendu un sac de peau. « Pemmican, a-t-elle dit. Pour ton voyage. » Voyant ma surprise, elle m'a expliqué qu'elle avait entendu parler des projets de Mme Owen au sujet de Lola et de William et m'avait vue écouter les hommes qui discutaient. On dirait que rien n'échappe à Mme Sinclair. Puis elle a enlevé la peau de bison qui lui couvrait les épaules et me l'a tendue. Je viens de me rappeler : j'étais tellement surprise que j'ai oublié de la remercier!

Tout de suite après, j'ai trouvé William au magasin et l'ai enlevé, au nez et à la barbe de Mme Owen! M. Owen ne savait pas qui j'étais, avec mon chapeau et mes vêtements de garçon, mais William a vite compris. Je lui ai expliqué mon plan et lui ai fait jurer, la main posée sur le cœur, de ne dire à personne où j'étais partie, pas même à Lola (elle pourrait le révéler à Mme Owen sans faire exprès) avant une bonne semaine. Je lui ai dit de raconter que j'aidais Mme Schubert au débit de boissons. William, fidèle à lui-même, était plus inquiet de revoir son chapeau que ma personne! Je suis désolée de faire cela à Lola, mais je le fais pour la garder. Alors j'espère qu'un jour, elle saura me pardonner.

Je me suis jointe à l'expédition, dans la pagaille des charrettes, des bœufs de trait et des chevaux, du bétail et des gens, me faufilant de groupe en groupe, de sorte que personne ne puisse se rendre compte que je n'appartenais à aucun d'entre eux. Comme nous formons un convoi des plus important – 97 charrettes! – nous nous sommes séparés en trois groupes. Au début de l'après-midi, le premier groupe de charrettes était quasiment prêt, des prières ont été récitées à notre intention, et notre voyage a commencé. Me voici donc en route pour Cariboo afin de rejoindre papa.

5 juin 1862
Long Lake

La montre de maman m'indique qu'il est deux heures du matin, cher journal, et nous venons tout juste de planter nos tentes. Je suis si fatiguée que j'ai du mal à tenir ma plume. Nous avons marché plusieurs milles. Mes épaules m'ont vite dit que mes bagages étaient beaucoup trop lourds, alors je me suis glissée tout près d'une charrette et, pendant que personne ne regardait, j'ai déposé ma peau de bison et le plus lourd de mes deux sacs à l'arrière. Je suis sûre que les bœufs sont pas mal plus forts que moi. J'ai eu un peu peur quand j'ai perdu de vue la charrette, dans le noir, mais je l'ai vite retrouvée et j'ai repris mon sac et ma peau de bison. Je suis bien contente de l'avoir maintenant, car elle recouvre le sol, là où je suis étendue.

Les bottes de William m'arrachent la peau des talons. J'ai tellement mal que je ne suis pas sûre de pouvoir continuer. Nous avons marché très longtemps parce que nous ne trouvions pas de point d'eau. Notre guide, M. Charles Rochette, nous a d'abord assuré que nous trouverions de l'eau potable trois milles plus loin, mais au bout de huit milles, nous n'en avions toujours pas trouvé. Comme nous connaissions mal la prairie et croyions ce que nous avait dit le guide, nous n'avions pas pensé à en emporter. À la mi-journée, j'avais tellement soif que la langue me collait au palais. Nous avons marché pendant 11 heures sans boire une seule goutte d'eau. Quand nous avons enfin entendu le chant des ouaouarons, nous savions que nous étions sauvés. Je me suis jetée à plat ventre au bord du lac et j'ai bu jusqu'à plus soif. M. Rochette nous a été chaudement recommandé comme guide, mais moi, je n'ai pas une très haute opinion de lui.

Tard le matin

Parler, encore parler et toujours parler! C'est tout ce que savent faire les hommes. Ils n'arrêtent pas de se disputer et de se chamailler. Je ne peux pas m'empêcher de penser que des femmes auraient tout simplement fait ce qu'elles avaient à faire. Je me demande comment ces hommes ont pu réussir à se rendre jusqu'ici! Le premier matin de notre voyage a commencé dans la plus grande confusion. Des bœufs se sont sauvés, avec ou sans leur conducteur, des charrettes se sont renversées, des bagages ont été éparpillés par terre. Tout cela nous a beaucoup retardés. Mais il faut dire que ces gens sont en fait des commis de bureau, des maîtres d'école, des commerçants ou des bourgeois qui avaient des serviteurs pour s'occuper d'eux.

Ils ont enfin choisi un chef, M. Thomas McMicking. Il est l'un des rares parmi tous ces hommes à ne pas porter la barbe. Il a de grands yeux noirs et il est un peu maigre. Pas du tout le genre de personne qu'on s'attendrait à avoir comme chef. On nous a dit qu'il nous faudrait deux mois pour nous rendre jusqu'aux terrains aurifères. En ce moment, les hommes sont occupés à établir des règlements. Il y en a un qui m'inquiète un peu : chacun devra débourser un dollar pour le guide. J'espère que personne ne va me demander de payer, car je n'ai pas d'argent.

Je me tiens à l'écart des gens, la tête toujours baissée. Si je suis obligée de parler, je le fais le plus brièvement possible. Chaque jour, je me déplace le long du convoi, de la tête à la queue, choisissant toujours une autre charrette où déposer ma peau de bison et mon sac. Jusqu'à maintenant, personne ne m'a demandé où était mon père. Un garçon m'a parlé à quelques reprises, mais je ne l'ai pas encouragé à poursuivre, même s'il a l'air gentil. Le deuxième jour, Joe Morgan et lui ont trait des vaches, rencontrées le long du chemin, et ils m'ont apporté un gobelet de lait. Je me demande ce que le fermier a pu penser quand, à la traite du soir, il a trouvé ses vaches taries!

Jusqu'à maintenant, exception faite de mes bagages trop lourds et de mes pieds endoloris, je n'ai rencontré qu'une seule difficulté : le premier soir, les charrettes ont été disposées en triangle afin de nous protéger d'une attaque d'Indiens. Nous avons été regroupés au centre et un vigile a été posté, de sorte que je ne pouvais pas quitter le campement. Et c'est là que je me suis rendu compte que j'avais oublié de me soulager et que je ne pouvais plus le faire. Si on me surprenait, ma supercherie serait découverte. Jusque-là, j'ai toujours réussi à trouver, pas trop loin, des broussailles où me cacher. Mais là, j'ai dû me retenir toute la nuit!

6 juin 1862

J'ai failli me faire prendre, aujourd'hui. J'ai déposé ma peau de bison et mon sac sur une charrette, mais je ne les ai pas récupérés assez vite à la fin de la journée. Les deux hommes à qui appartenait la charrette m'ont aperçue. Ils s'appellent John et Thomas Drummond. Ils n'étaient pas contents du tout. Thomas a dit qu'ils avaient payé pour que des bœufs tirent *leurs* bagages et non ceux de quelqu'un d'autre. Je leur ai raconté que je m'étais trompée, que j'avais pris leur charrette pour celle de mon père dans la pâle lumière du petit matin, quand nous préparions nos bagages avant d'entreprendre notre périple de la journée. John Drummond, le plus jeune des deux (il doit avoir 17 ou 18 ans) a jeté mon sac par terre. Le sac s'est ouvert, et toutes mes affaires se sont éparpillées.

7 juin 1862

Ce soir, j'ai tellement mal aux jambes et aux pieds que je ne suis pas capable d'écrire. C'est absurde, mais c'est comme ça.

8 juin 1862

Un jour de repos, car c'est dimanche. Certains voulaient continuer, mais M. McMicking a refusé. Même si je souhaite retrouver papa au plus vite, cher journal, je suis bien contente de rester assise et de laisser mes pieds se reposer. Ils sont couverts d'ampoules, et ce n'est pas joli à voir. J'ai fait bouillir de l'eau dans ma casserole et nettoyé mes blessures du mieux que j'ai pu. En ce moment, je suis assise, mes bottes posées à côté de moi.

Les hommes ont fait des prières et chanté des cantiques pour souligner la journée, mais je me suis tenue en retrait. Depuis que maman est morte, je ne suis pas très sûre, à propos des prières. Des vagues de tristesse m'envahissent continuellement, aujourd'hui. Maman me manque. William et Lola aussi. À l'heure qu'il est, les Owen ont sûrement découvert que les Schubert étaient partis et William leur a probablement dit que j'étais partie, aussi. Chaque fois qu'un éclaireur arrive au galop, enveloppé d'un nuage de poussière, je me dis que ce doit être quelqu'un du fort qu'on a envoyé me chercher. Peut-être que Mme Owen n'a rien dit à propos de mon absence. Elle a sans doute raconté à William et à Lola que je ne reviendrais plus, même si j'ai promis le contraire à William. Je parie qu'elle leur a dit que j'avais été enlevée par les Indiens ou que je m'étais noyée dans la rivière. J'espère que William ne la croira pas, puisque je lui ai dit que je reviendrais avec papa.

Je ne veux pas leur causer d'inquiétude, mais je me rends compte maintenant que je l'ai probablement fait. Un autre de mes défauts, qui faisait soupirer maman bien souvent : j'agis sans réfléchir. « Exactement comme ton père », disait-elle toujours. Oh! cher journal! Une larme vient de tomber de mon nez et a taché mon texte. Je dois absolument penser à autre chose, si je ne veux pas le détruire complètement.

Au début du voyage, je m'étais dit que les gens trouveraient étrange qu'un garçon passe son temps à écrire. Je le faisais donc en cachette. Mais certains des hommes ici tiennent eux-mêmes un journal, alors je me suis mise à écrire devant tout le monde.

J'aime beaucoup la prairie. De longues herbes, parsemées de bosquets de trembles et de liards, ondulent sous la caresse du vent, vers l'horizon. Cet océan de verdure est ponctué de rosiers sauvages, aux fleurs d'un rose délicat. Des canards volent au-dessus de nos têtes, et des poules des prairies se blotissent dans les herbes courtes. Les doigts me démangent, tant j'ai envie de dessiner. J'espérais que M. Hind se joindrait à notre groupe, mais il fait partie du suivant.

Nos journées sont longues, commençant très tôt le matin et se poursuivant jusque tard dans la nuit. Les hommes et les bœufs sont maintenant habitués les uns aux autres; il ne faut donc pas autant de temps pour nous mettre en branle, le matin. Nous avons dû modifier notre horaire de marche afin d'accommoder les bœufs. Ce sont des bêtes robustes, d'un bon tempérament et tout à fait adaptées à ces contrées, mais il faut les nourrir et les abreuver continuellement. Nous nous levons tôt, à deux heures du matin, et nous marchons quelques heures avant de nous arrêter pour déjeuner. (Quoique, parfois, nous sommes si fatigués par notre journée de la veille qu'il est déjà quatre heures du matin quand nous sommes enfin debout!) Quand les bêtes sont repues, nous nous remettons en route pour quelques heures, jusqu'à la pause de midi. Une longue sieste en début d'après-midi, puis nous repartons et marchons jusque tard le soir. Cependant, même si nous sommes fatigués, il reste encore un peu de temps pour jouer de la musique autour du feu et

Plus tard

Je suis désolée, cher journal, de t'avoir laissé si abruptement. Ce n'est pas ma faute. John Drummond, qui est une vraie brute, est passé près de moi et m'a arraché de la tête le chapeau de William. Il le tenait à bout de bras tandis que je tentais de le récupérer en sautant sur mes pieds endoloris. Soudain, le garçon qui m'avait offert un gobelet de lait est apparu. « Tu pourrais au moins t'attaquer à quelqu'un de ta taille », lui a-t-il lancé.

Des hommes avaient délaissé leurs occupations et observaient la scène. Alors John Drummond a laissé tomber mon chapeau et l'a piétiné avant de s'éloigner.

Le garçon l'a ramassé et me l'a rendu. « Ne t'occupe pas de lui », m'a-t-il dit.

Je lui ai prestement enlevé le chapeau des mains. « Je suis capable de m'occuper de mes affaires », ai-je répliqué tout en secouant mon chapeau. Je ne voulais pas être impolie, mais j'étais terrifiée par tous les yeux qui me regardaient.

9 juin 1862, à l'heure du dîner

Y a-t-il quelque chose au monde de plus dégoûtant que le pemmican? J'en doute. Je serai éternellement reconnaissante à Mme Sinclair de m'en avoir donné, mais j'ai la nausée rien qu'à le sentir. De la viande de bison ferait mon affaire, mais cette même viande, lorsqu'on la grille, qu'on la réduit en poudre et qu'on y ajoute du gras animal fondu, change complètement de goût. Et comme elle se conserve longtemps, je vais en manger pendant des semaines!

J'ai bien ri en voyant la tête que faisait Talbot quand il y a essayé d'en avaler un morceau. Talbot est le nom du garçon qui m'a sauvée des griffes de John. Il a 16 ans. Ce matin, je suis montée dans la charrette de son père. Me voyant me battre pour enfiler mes bottes, il m'a demandé : « Où est ton père? »

J'ai répondu qu'il était plus loin, en avant. C'était seulement un demi-mensonge, cher journal : papa est vraiment devant nous, puisqu'il est déjà dans les terrains aurifères. Talbot a pensé que je voulais dire à l'avant de notre convoi, bien sûr, mais je ne peux pas l'empêcher de penser ce qu'il veut. Talbot a dit que mes pieds étaient en mauvais état et que je devrais monter dans la charrette de son père. J'ai refusé, mais il a insisté. Maman disait que j'étais la personne la plus têtue qu'elle ait pu rencontrer, mais elle n'a pas connu Talbot! Il est aussi entêté que moi. Peut-être même davantage, puisque j'ai fini par monter dans la charrette. Je n'ai eu qu'un instant de panique... quand Talbot m'a demandé mon nom et que, sans y penser, j'ai répondu « Henri... » puis, me rendant compte de ce que j'allais dire, je me suis interrompue. Il a dit « Henri? » Comme c'est un nom de garçon, j'ai hoché la tête. Je serai donc Henri, à partir de maintenant.

Le soir

J'ai l'impression que le voyage en charrette m'a désarticulé les os, et j'ai mal au derrière (mais ça, je ne l'ai pas dit à Talbot). Par contre, mes pieds lui sont reconnaissants. Voyager ainsi m'a aussi donné le temps de regarder tout autour de moi. C'est quelque chose à voir, cette longue procession de 97 charrettes déambulant dans la prairie, devant et derrière moi. Joe Morgan a fait un bout de chemin avec nous. Pour s'éloigner de son frère, nous a-t-il confié. Joe et Harry se chamaillent sans cesse. Je n'ai jamais rencontré deux frères aussi différents l'un de l'autre. Joe pèse longuement ses mots avant de dire quoi que ce soit, tandis que Harry parle précipitamment. Joe est blond, grand et solide, avec d'énormes mains, alors que Harry est brun, mince et agile. Au début, je n'ai pas dit grand-chose, de crainte que Joe ne reconnaisse en moi la fille qui lui avait parlé au fort, mais il n'a pas semblé s'en souvenir, alors je me suis détendue. Je leur ai dit que la plaine était comme un immense océan et que nos charrettes étaient comme des vaisseaux voguant sur les flots. Talbot m'a regardée, l'air de penser que j'étais complètement cinglée, et a dit : « Je crois que j'aime bien ce pays. La terre a l'air bonne à cultiver. » Son père et lui avaient une ferme près de Goderich, là-bas, au Canada-Ouest.

Ces charrettes de la rivière Rouge sont vraiment bizarres. Elles peuvent porter une charge de 800 livres et sont faites entièrement en bois, sans un seul clou ni une seule pièce de métal. Elles sont assemblées au moyen de chevilles de bois et de lanières de cuir cru, et sont donc censées être faciles à réparer. Les roues grincent horriblement lorsqu'elles tournent. À cela s'ajoutent les cris des conducteurs et les beuglements des bœufs. J'ai tout le temps mal aux oreilles. Nous ne pourrions jamais surprendre qui que ce soit!

Un autre objet bizarre, c'est le panier d'osier que Mme Schubert a sur son cheval de selle et qui sert à transporter deux de ses trois enfants. Gus a cinq ans, Mary Jane a presque quatre ans et Jimmy a deux ans. Les Schubert se servent de leur calèche, plutôt que d'une charrette, parce que Mme Schubert trouve que c'est plus confortable pour voyager.

Mme Schubert est le seul « jupon » qui a eu la permission de voyager avec les hommes. Talbot m'a dit que M. Schubert était déterminé à partir et que sa femme l'était tout autant à l'accompagner. Selon Talbot, Mme Schubert n'est le genre de femme qu'on peut traiter à la légère, mais il croit que les femmes ne devraient pas faire le voyage jusqu'à Cariboo, car elles n'ont pas l'endurance nécessaire. Je n'avais évidemment rien à répondre à cela.

Tandis que nous établissions notre campement, Joe est venu me voir et a déclaré qu'il comprenait pourquoi j'avais dit que la prairie ressemblait à la mer. De toute évidence, il y avait réfléchi pendant toute la journée.

14 juin 1862
Fort Ellice

Nous avons traversé plusieurs cours d'eau, mais aucun n'avait de rives aussi escarpées que celui-ci. La vue est magnifique : la vallée verdoyante que traversent les eaux étincelantes de la rivière Qu'Appelle et du ruisseau Beaver, et, perché haut sur une colline devant nous, le fort Ellice. Mais que d'efforts pour s'y rendre! J'ai dit à Talbot que je devais aider mon père, puis je suis allée m'asseoir en retrait, dans un petit bosquet, et j'ai observé les charrettes qu'on faisait descendre aux moyens de câbles, jusqu'au chaland. Deux charrettes ont basculé; leur chargement s'est éparpillé par terre, et il a fallu tout recharger. Le chaland ne peut porter qu'une charrette et un bœuf à la fois, alors c'est très long. Les hommes font traverser le chaland dans un sens, puis dans l'autre, au moyen de câbles en lanières de cuir cru fixés de chaque côté de la rivière. Une fois débarquées, les charrettes doivent encore être hissées jusqu'au haut de l'escarpement. Je vais aider Mme Schubert avec les enfants et je vais traverser avec elle, car je ne veux pas que Talbot me voie seule.

15 juin 1862

Aujourd'hui, c'est dimanche, alors nous sommes restés au fort. Comme la plupart du temps le dimanche, nous avons eu l'office du matin, avec la lecture des Saintes Écritures et des cantiques, mais je ne me sens toujours pas très pieuse. Pour tout dire, je suis dans une telle colère que j'aimerais pouvoir employer certains de ces mots que les hommes utilisent lorsqu'ils veulent faire avancer un bœuf têtu! Je m'étais dit que ce serait une bonne idée de laver ma chemise sale et mes sous-vêtements, alors je me suis trouvé un petit coin tranquille au bord de la rivière. Juste au moment où je me penchais au-dessus de l'eau, quelqu'un m'a poussée très fort et j'ai plongé dans la rivière. John Drummond! Maintenant, mes deux chemises sont trempées. Talbot m'a demandé pourquoi je ne retirais pas tout simplement ma chemise pour la laisser sécher au soleil. Je l'ai fusillé du regard jusqu'à ce qu'il finisse par hausser les épaules et s'en aller, puis j'ai allumé un petit feu devant lequel je suis assise tandis que j'écris ces lignes et que je me fais sécher.

16 juin 1862

De la pluie! De la pluie! De la pluie! Nous avons interrompu notre voyage. J'ai fait des biscuits, et Talbot a déclaré que c'étaient les meilleurs qu'il ait mangés de toute sa vie. Je lui ai dit que j'aidais souvent ma mère à faire la cuisine. Il m'a regardée d'une drôle de façon. Je dois faire plus attention et réfléchir avant de parler!

Hier soir, nous avons eu de la musique. Il y a tout un assortiment d'instruments qui nous accompagnent dans notre voyage : des harmonicas, des clarinettes, des flûtes, des violons et un concertina. Joe chantait à plein gosier, comme d'habitude. Harry est resté longtemps assis à se plaindre, puis il a fini par lancer : « Les pets de mon cheval sont plus agréables à entendre que toi quand tu chantes! Sauf votre respect, madame. » (Ça, c'était à l'intention de Mme Schubert.)

Talbot riait en se roulant par terre. Ce n'était pas très gentil de la part de Harry, mais je dois avouer que Joe chante faux.

Le soir

La pluie a cessé de tomber vers midi, alors nous avons quitté le fort. Il y a tout de suite eu un incident. Le bœuf de M. Morrow a dévalé l'escarpement de la rivière Qu'Appelle en entraînant M. Morrow à sa suite. La charrette a roulé sur la tête de M. Morrow. Il gisait par terre, inconscient, mais le docteur Stevenson s'est occupé de lui et a dit qu'il serait sur pied d'ici quelques jours. Le docteur Stevenson a dit que, si M. Morrow était encore en vie, c'était grâce à la pluie : quand la charrette lui a roulé sur la tête, celle-ci s'est enfoncée dans la boue, et c'est ce qui l'a sauvé.

Plus tard, pendant que John Drummond faisait descendre l'escarpement à son bœuf, celui-ci lui a échappé et a renversé sa charrette, éparpillant le chargement. Thomas, qui semblait sur le point d'éclater, criait après John.

Aujourd'hui, Talbot m'a demandé de lui montrer mon père. J'ai pointé le doigt vers l'avant du convoi et j'ai dit que c'était celui avec le chapeau. « Lequel? » m'a-t-il encore demandé. (Tous les hommes portent un chapeau.) Alors j'ai répondu : « Le gris », avec un brin d'impatience dans la voix afin de le décourager de poser d'autres questions.

18 juin 1862

Ce matin, en nous réveillant, nous avons aperçu une mince couche de glace sur les seaux à eau, et le sol était recouvert de gelée blanche. Nous ne pouvons pas partir parce que notre guide, M. Rochette, ne s'est pas encore présenté. Je crois que Mme Schubert n'est pas mécontente du retard. Je m'étais glissée un peu à l'écart afin de me soulager, et j'ai vu qu'elle avait fait de même, mais pour vomir. Je me suis couchée dans les herbes afin qu'elle ne me voie pas, en retournant au convoi. J'ai vu autre chose tandis que j'étais là, cher journal : Thomas, le frère de John, en train de frapper celui-ci avec le fouet pour les bœufs. J'ai d'abord été bien contente de voir que John devait payer pour ses méchancetés, mais comme cela durait, j'ai ressenti un certain malaise. Un jour, papa a administré une correction à William, mais ses coups étaient moins forts et moins nombreux que ceux de Thomas Drummond.

19 juin 1862

Le guide n'est jamais revenu! Les hommes craignent qu'il ne se présente soudain avec une bande d'Indiens armés jusqu'aux dents! On nous a raconté d'horribles histoires au sujet d'Indiens qui attaquent les convois et les pillent, mais nous avons décidé de poursuivre notre route sans guide, chaque homme gardant son fusil à portée de la main. Le moindre petit bruit me fait sursauter parce que je pense aussitôt à des cris de guerre et à des flèches! Talbot m'a dit de retourner auprès de mon père, alors j'ai remonté un peu la file et marché avec Joe. C'est très difficile de se faire passer pour quelqu'un d'autre!

22 juin 1862

C'est dimanche, jour de repos. Je n'ai plus de peine pour John. Aujourd'hui, à l'heure du dîner, il a donné un coup de pied sur la plaque à biscuits que j'avais posée sur le feu. J'ai tellement peu de provisions que j'étais furieuse; j'ai failli lui crier l'insulte que M. Dyer lançait à ses bœufs hier. Je me suis mordu la langue, cher journal, pour m'en empêcher. Je ne crois pas que maman approuverait le langage qu'utilisent certains hommes ici, mais je ne peux tout de même pas m'empêcher de les entendre, pas vrai? Je fais de gros efforts pour que cela me rentre par une oreille et ressorte par l'autre, mais on dirait que certains mots réussissent à s'accrocher au passage. J'ai remarqué que les hommes surveillent leur langage quand ils se trouvent près de Mme Schubert. La langue de M. Schubert doit porter plusieurs marques de morsures!

Je ne sais pas pourquoi John se plaît tant à me tourmenter. Je ne lui ai rien fait. Il me laisse tranquille quand Talbot est dans les parages, car ils sont tous les deux de la même taille; mais Talbot est moins souvent avec moi, car je garde davantage mes distances depuis le jour où j'ai laissé échapper que j'aidais maman à faire la cuisine. Je ne peux laisser personne deviner mon secret, car je sais qu'on m'abandonnerait aussitôt dans le premier fort rencontré. Je devrais peut-être m'accrocher à Joe plutôt qu'à Talbot. Il est encore plus fort.

Mes pieds ont guéri et se sont endurcis, et mes jambes ne me font plus aussi mal à la fin de chaque journée de marche. La plupart du temps, nous faisons 20 milles par jour et, parfois même, 30 milles. J'ai bien peur de me retrouver bientôt à court de vivres. Je me limite donc à un repas par jour et, le soir, j'ai tellement faim que mon pemmican me semble avoir bon goût. J'ai découvert qu'il est à peu près mangeable quand on le fait frire. Mais ma grande nouvelle, c'est que j'ai trouvé un moyen de gagner un peu d'argent. J'avais remarqué M. Bailey en train d'essayer de laver sa chemise à la rivière, mais il l'a lâchée et elle a été emportée par le courant. Je suis allée la repêcher et lui ai demandé s'il aimerait que je fasse sa lessive. « Bien sûr », m'a-t-il répondu. Alors maintenant, je fais sa lessive à lui, et aussi celle d'autres hommes. Je me sens rassurée d'avoir quelques sous dans les poches.

Nous avons traversé une très jolie contrée, avec des plaines, des bouquets de peupliers, des rosiers sauvages et des lacs grouillant de canards. Certains se plaignent de la monotonie du paysage, mais quand on y regarde de près, il n'en est rien. Hier, Mme Schubert n'était pas bien et est restée étendue dans sa charrette; alors j'ai laissé Gus Schubert marcher avec moi afin qu'elle ait un moment de répit. J'ai essayé de lui montrer toutes sortes de choses que je voyais dans le paysage, mais il préférait ramasser des galettes de bouse de bison. Je l'ai laissé faire, car j'en ai besoin pour alimenter mon feu. Par la suite, Mme Schubert m'a gentiment invitée à partager leur repas familial. Je lui ai dit que je devais demander la permission à mon père. J'ai remonté un peu la file des charrettes, j'ai attendu quelques minutes, puis je suis revenue. L'idée selon laquelle la prairie est comme un océan et que nos charrettes voguent sur ses flots n'a pas cessé de me trotter dans la tête. Je vais faire un petit croquis de ce que je vois dans ma tête. Rien de comparable à ce que ferait un véritable artiste comme

M. Hind, mais simplement quelque chose qui en fixera le souvenir.

24 juin 1862

Plus je porte ces vêtements de garçon, plus je les apprécie. Avant, je remontais mes jupes afin de libérer mes jambes, mais, avec ce pantalon, je fais de plus grands pas et je peux courir plus vite qu'avec une jupe qui m'enveloppe les jambes.

En traversant les monts Touchwood, j'ai aperçu des fraises qui poussaient le long du chemin. J'en ai cueilli assez pour remplir ma casserole. Talbot a dit qu'elles étaient aussi grosses et aussi faciles à cueillir que les pépites d'or sur les berges des cours d'eau, dans la région de Cariboo. Je lui ai demandé comment il pouvait le savoir, et il a répondu que tout le monde savait qu'à Cariboo, l'or était tout simplement là et qu'il suffisait de se pencher pour le ramasser. Je lui ai déclaré que je ne le croyais pas, et il s'est offusqué et m'a laissée seule durant tout l'après-midi. Cela ne m'a pas dérangée, car il parle toujours de la même chose : l'or! Ce même or qui a poussé papa à nous quitter.

En pensant à cela, les larmes me montent aux yeux. Maman ne voulait pas que nous quittions notre maison, même quand il était simplement question d'une ferme dans l'Ouest. « Les femmes ne veulent pas voyager, me disait-elle. Elles veulent s'établir. » Mais papa rêvait de grands espaces et de choses à découvrir. Il disait à maman que le moulin avait été le rêve de son père, pas le sien. C'est pourquoi il a décidé de tout vendre et, malgré les récriminations de maman à propos des hommes qui ont la tête dans les nuages et qui sont incapables de tenir en place, nous nous sommes retrouvés à Fort Garry. Je vais partager mes fraises avec Mme Schubert. Elle a les traits tirés. D'ailleurs, les Schubert ont une vache laitière pour les enfants, alors on peut espérer qu'il y aura de la crème à mettre sur nos fraises.

25 juin 1862
Les plaines de Quill

Nous traversons les plaines de Quill. Pas un arbre en vue sur lequel poser notre regard ou sous lequel nous pourrions nous mettre à l'abri des rayons du soleil qui brille de tous ses feux dans un ciel sans nuages. L'air semble même miroiter à cause de la chaleur. Jusqu'ici, j'avais enfilé mon manteau pour éviter d'avoir à le transporter, mais aujourd'hui, je ne peux pas le mettre. À cause de la sueur, mon bagage frotte contre mon dos et il est en train de m'arracher la peau. Le sol est jonché de crânes de bisons. À Fort Garry, on nous avait dit que nous allions croiser des bisons qui nous procureraient de la nourriture, mais nous n'en avons pas encore vu un seul de vivant. Joe dit que tous ces crânes le mettent mal à l'aise, qu'il a l'impression de traverser un cimetière, mais Harry a rétorqué qu'il ne devrait pas dire de telles bêtises. Moi, je comprends Joe car, moi aussi, je me sens mal à l'aise de voir des ossements jaunis à perte de vue.

Le soir

Je titubais, étourdie par la chaleur, quand soudain, Joe m'a prise dans ses bras et nous a posés, mon bagage et moi, à l'arrière de sa charrette. Il a dit que j'avais l'air d'être sur le point de m'écraser par terre. J'étais contente de me laisser ainsi transporter, mais je l'étais moins quand Harry s'est mis à me questionner au sujet de mon père. J'ai pu éluder ses questions, mais j'ai bien peur, cher journal, que mon secret ne soit bientôt découvert.

Une nuée de maringouins s'est abattue sur nous ce soir, piquant les humains tout autant que les bêtes. Nous avons vite allumé des feux afin que la fumée les éloigne. J'ai entendu un des hommes raconter qu'à Fort Garry, une femme s'était tuée à cause des maringouins qui ne cessaient de la tourmenter. Je n'ai pas de peine à le croire! La fumée a aidé, mais pas beaucoup. Je suis couverte de piqûres.

26 juin 1862
À l'heure du dîner

C'est assez amusant à voir. Chaque matin, il y a une espèce de course entre les hommes, pour décider qui va prendre la tête du convoi. Leurs tasses de thé et leurs assiettes de crêpes à la main, ils courent çà et là afin de lever le camp au plus vite. Certains ne prennent même pas la peine de replier leur tente, dans leurs efforts pour prendre la tête. Il y a un avantage, c'est vrai, à se trouver en tête du convoi car, à l'arrière, le nuage de poussière est très opaque. De plus, s'il y a une flaque d'eau sur le chemin, le trou s'est tellement agrandi quand les dernières charrettes y arrivent, que leurs roues restent prises dans la boue et qu'il faut les dégager. Harry n'arrête pas de maugréer à propos de cette course et pourtant, ce matin, il a empilé les affaires n'importe comment dans leur charrette et a crié à Joe : « Grouille-toi, espèce d'empoté! Tu es encore plus lent qu'un bœuf. »

27 juin 1862

Les maringouins sont en train de me rendre folle! Ils bourdonnent dans mes oreilles, me rentrent dans les yeux et me tourmentent avec leurs piqûres. Les petits Schubert pleurent et les bêtes souffrent beaucoup, elles aussi. Je me mords la langue pour m'empêcher de hurler!

30 juin 1862
Fort Carlton

Je n'arrive pas à croire que nous ayons pu nous rendre aussi loin! Pourtant, certains se plaignent que nous n'allions pas plus vite. Moi, je pense que nous avons parcouru une longue distance, surtout que j'ai fait presque toute la route à pied! Mes ampoules aux pieds le prouvent.

Il a failli y avoir une noyade, aujourd'hui. Tôt ce matin, nous avons atteint la rivière Saskatchewan Sud. Comme la barque de la Compagnie de la Baie d'Hudson était sur la rive opposée, deux de nos hommes ont traversé la rivière à la nage et l'ont ramenée. On a retiré les roues des charrettes, dételé les bêtes et déchargé les provisions qui devaient faire la traversée sur la barque. Les chevaux et le bétail devaient se rendre de l'autre côté à la nage. Comme quelques bêtes se montraient récalcitrantes, M. Kelso est entré dans la rivière pour les faire avancer, et le courant l'a emporté. Trois hommes ont aussitôt plongé afin de lui porter secours. Ils ont eu beaucoup de mal, mais ont réussi à ramener M. Kelso sur la berge, sans connaissance. Nous regardions tous, le cœur serré d'angoisse, tandis qu'ils le frappaient de leurs poings, dans le dos et sur la poitrine. Finalement, il a toussé et a été pris de violentes nausées. Il était sauvé! Je parie que, maintenant, il se demande s'il a bien fait de quitter Acton. John a dit que, si j'étais tombée dans l'eau, il aurait laissé la rivière m'emporter. Talbot a déclaré que, lui, il m'aurait secourue. J'ai tiré la langue à John. Par moments, c'est très amusant d'être un garçon.

4 juillet 1862

Hier, nous avons traversé les Thickwood Hills et, aujourd'hui, les Lumpy Hills. Drôles de noms!

Grâce à l'argent que je gagne avec mes lessives, j'ai pu m'acheter davantage de pemmican et une paire de mocassins, à Fort Carlton. Mes pieds vont apprécier le changement, de temps en temps.

6 juillet 1862

Mon secret n'en est plus un! Et tout cela à cause des fraises! La contrée qui s'étend au-delà de Fort Carlton est très différente des plaines : elle est couverte de collines, traversée par de nombreux cours d'eau, et couvertes de fraises. J'en ai rempli ma casserole, puis mon vieux sac à pemmican. Comme c'était dimanche, Talbot était venu cueillir des fraises avec moi et il ronchonnait à cause du temps que cela prenait. Sans réfléchir, j'ai dit : « C'est plus facile quand on replie son tablier, qu'on met les fraises dedans et qu'on les jette d'un seul coup dans son panier. C'est beaucoup plus rapide de cette façon. » Je me suis alors rendu compte de ce que je venais de dire. « C'est ce que ma mère faisait, je veux dire », me suis-je empressée d'ajouter, mais j'ai rougi jusqu'à la racine des cheveux et je bégayais en le disant. Au début, j'ai pensé que Talbot m'avait crue, car nous avons continué de cueillir des fraises pendant quelques minutes, sans rien dire. Puis il a dit qu'il aimerait rencontrer mon père. Je lui ai répondu qu'il était en train de faire la sieste.

« Il va bien finir par se réveiller », a dit Talbot.

J'ai répondu qu'il allait être occupé avec les bœufs, mais d'un ton si peu convaincant que je n'y croyais pas moi-même. Finalement, je me suis retrouvée à court d'excuses.

« Mon père n'est pas ici », ai-je fini par avouer et, à ma grande honte, j'ai fondu en larmes, comme une vraie fille! J'ai raconté à Talbot comment maman était morte, que papa était dans les terrains aurifères et que j'allais le retrouver, que Mme Owen voulait ramener Lola et William avec elle à Toronto. Quand j'ai eu fini de lui raconter mon histoire, il était l'heure de souper. « Et tu n'es pas un garçon, n'est-ce pas? » m'a demandé Talbot.

J'espérais qu'il allait oublier mon histoire de tablier tandis que je lui parlais, mais non! J'ai avoué que je n'étais pas un garçon. « Quel est ton vrai nom? » m'a-t-il demandé. Je lui ai dit que c'était Henriette et je l'ai supplié de ne le dire à personne. En ce moment même, il est en train d'y réfléchir, cher journal. Je suis morte d'angoisse. S'il raconte tout, on me laissera dans le prochain fort. Je vais lui faire des crêpes aux fraises afin de l'aider à réfléchir.

9 juillet 1862
Fort Pitt

Nous sommes à Fort Pitt. À partir d'ici, nous a-t-on

dit, le chemin est de plus en plus difficile. Talbot n'a toujours pas pris sa décision, et j'ai l'esprit complètement bouleversé! Mais j'ai décidé que, même s'il parle et qu'on m'abandonne, je vais trouver le moyen de me rendre jusqu'aux terrains aurifères par moi-même.

Plus tard

Talbot a pris sa décision. Il a dit à son père que le mien était déjà dans la région de Cariboo et que j'étais seule, mais il ne lui a pas dit que j'étais une fille. Il m'a expliqué qu'il était déjà habitué à ce que je sois Henri et qu'il n'avait pas envie de s'habituer à un autre nom. M. Dyer a dit que je pouvais me joindre à eux pour le voyage. J'étais tellement excitée que j'ai failli sauter au cou de Talbot. Je me suis souvenue à temps que les garçons ne font pas cela, mais c'est vraiment ce que j'ai eu envie de faire, tellement j'étais contente. M. Dyer a aussi dit que je pouvais mettre ma peau de bison et mon sac dans leur charrette. Talbot est vraiment le plus gentil garçon du monde. Il m'a appris que sa mère était morte quand il avait 14 ans. Il n'a ni frère ni sœur. N'ayant aucune famille, quand son père et lui ont entendu parler de la découverte de gisements d'or, ils ont laissé leur ferme aux bons soins de leur voisin et ont pris la route de l'Ouest pour aller voir cela de plus près.

John a traîné une de mes couvertures dans une flaque de boue!

10 juillet 1862

Comme les hommes veulent recruter un guide (quelqu'un qui ne désertera pas!), nous restons un jour de plus au fort. Le chemin qui nous attend n'est pas bien marqué et, il y a seulement trois jours, les Pieds-Noirs ont surpris un convoi de Blancs, leur ont enlevé tous leurs vêtements et les ont renvoyés au fort! Je prie pour que nous ne subissions pas le même sort, sinon tout le monde va découvrir mon secret. Talbot et son père ont nettoyé leurs fusils. Je me sens très nerveuse, aujourd'hui, à penser tantôt aux attaques des Indiens et tantôt à ce que John va encore me faire. J'ai peut-être l'air lâche, mais je reste collée aux talons de Talbot. Trop collée, sans doute. J'ai failli lui foncer dans le dos quand il s'est brusquement arrêté de marcher, il y a quelques minutes.

Nous nous faisons souvent harceler par des chiens, ici. En fait, ils ressemblent plutôt à des loups. Durant l'été, les trappeurs remettent leurs chiens en liberté et les laissent se débrouiller, alors ils ont faim. La nuit, ils entrent dans notre campement et volent notre nourriture. Je dors avec mon pemmican coincé sous mon bras, même si j'ai peur qu'un chien ne m'arrache le bras pour s'en emparer. Je n'ai pas trouvé de meilleure solution.

12 juillet 1862

J'ai passé toute la journée dans notre campement. Et je suis trempée jusqu'aux os. Et couverte de boue, aussi!

Tout cela à cause de John. La journée s'annonçait belle, alors nous avons quitté le fort, mais nous avons dû nous arrêter peu après à cause de la pluie qui s'était remise à tomber et du brouillard épais qui nous cachait la piste. Il y a maintenant deux jours que la tempête fait rage, avec des vents violents et de véritables rideaux de pluie. J'étais en train de grimper une pente boueuse hier quand, soudain, John, surgissant de nulle part, m'a donné un coup de pied dans les jambes qui m'a fait perdre l'équilibre. J'ai déboulé la pente jusque sous les pattes d'un cheval. Par miracle, j'ai réussi à me dégager avant qu'il me piétine avec ses sabots, mais j'ai fini par aboutir dans une espèce de marécage transformé par la pluie en un immense lac de boue! Joe est venu m'aider à m'en extirper et à me remettre sur mes pieds. Maintenant, j'ai tellement froid que je n'arrête pas de claquer des dents, mais il est impossible de faire un feu, avec toute cette pluie.

Des loups nous suivent jour et nuit, et hurlent continuellement. Cela me donne des frissons dans le dos, et tout le monde est sur les dents à cause du manque de sommeil. Comment ai-je pu croire que j'arriverais à me rendre dans les terrains aurifères? Lola et William me manquent. Je crois que je ne suis pas faite pour ce genre d'expédition. Je ne peux plus continuer à écrire, car la pluie tombe sur ma page, et l'encre se dilue!

13 juillet 1862

C'est dimanche, alors nous sommes restés sur place

une journée de plus. En définitive, ce n'était pas une bonne journée. Le sol est boueux, et nos tentes et nos vêtements sont détrempés. Talbot tente de trouver du bois sec, mais je doute qu'il y en ait. Tout le monde est de mauvaise humeur. Thomas Drummond et un autre homme se sont bagarrés à coups de poing. Cela m'a rappelé le temps où j'allais à l'école, chez nous : les deux adversaires, le cercle formé par les gens qui les encouragent, et enfin, les hommes plus intelligents qui essaient de les séparer.

Puis Thomas a dit à John qu'il n'était bon à rien parce qu'il ne savait pas faire du feu. Il doit pourtant savoir que personne ne peut en faire! Ensuite, cher journal, Harry et Joe se sont mis à se disputer. Harry a reproché à Joe de les ralentir, de sorte qu'ils n'arrivent jamais à prendre la tête du convoi le matin, et a ajouté qu'il mangeait trop et qu'ils allaient bientôt être à court de vivres. Joe a répliqué que Harry était trop autoritaire. Alors Harry a dit : « J'aurais mieux fait de ne pas t'emmener avec moi. »

« Et moi, j'aurais mieux fait de ne pas te suivre », a rétorqué Joe. Puis il a ajouté : « D'ailleurs, j'aime mieux regarder le derrière de mon bœuf que ta face de rat. Sauf votre respect, madame. » Cela, c'était à l'intention de Mme Schubert. Harry en est resté bouche bée. En fait, nous avons tous été surpris de la réaction vive de Joe. Harry était rouge de colère.

Mme Schubert aussi était toute rouge, mais je crois que c'est parce qu'elle se retenait pour ne pas rire.

Plus tard

Un éclaireur vient d'arriver et dit qu'il y a une bande de Pieds-Noirs dans les collines, plus à l'ouest. Le nombre de vigiles a été augmenté pour la nuit!

14 juillet 1862

Nous nous sommes réveillés sains et saufs. Les tours de John sont lassants, à la fin. Quand il ne me prend pas mon chapeau ou ma nourriture, il me fait des crocs-en-jambe ou il me pousse et me fait tomber dans la boue. Dire que je l'ai presque pris en pitié hier!

15 juillet 1862

Nous sommes tombés sur cinq cadavres de Pieds-Noirs et de Cris. Manifestement, ils s'étaient battus férocement. Nous avons poursuivi notre chemin, avec nos fusils prêts à tirer, mais nous n'avons pas rencontré d'Indiens vivants. Je suis morte de peur.

18 juillet 1862

Nous avons tous le moral au plus bas. La pluie nous tombe dessus chaque jour, et les mares et les rivières ont tellement débordé qu'elles ont transformé le paysage en un immense marécage. Je marche péniblement, avec de l'eau jusqu'à la taille, presque à longueur de journée. Les charrettes et les bœufs s'embourbent souvent et doivent être dégagés. Nous avançons à pas de tortue. Même John n'a plus assez d'énergie pour me jouer des tours. Joe et Harry ne se parlent toujours pas.

20 juillet 1862

Dimanche. La moitié des hommes travaille, et l'autre moitié grogne contre eux. Une fois de plus, ils construisent un pont. Les plus pieux accusent les autres de ne pas respecter le jour du Seigneur, mais le fait d'avoir à construire des ponts nous ralentit beaucoup. M. Sellar dit que les ponts à construire doivent faire de 40 à 100 pieds de long. Les rivières sont tellement gonflées par la pluie que nous ne pouvons pas les passer à gué.

J'ai trouvé intéressante la façon de construire un pont. On abat des arbres sur la berge, puis des hommes traversent la rivière à la nage en tirant les plus gros arbres pour aller les fixer de l'autre côté. Ils recommencent, jusqu'à ce que le pont soit assez large pour faire passer une charrette. Je suis certaine que ceux qui restent là, les bras croisés, à observer et à critiquer, passeront demain sur le pont construit un dimanche.

M. Dyer m'a demandé ce que je pensais d'un pont construit le jour du Seigneur. N'étant pas moi-même très pieuse, surtout depuis que maman et le bébé sont morts, j'ai répondu que je ne croyais pas que le Seigneur s'en offenserait vraiment. Il a éclaté de rire, puis a tendu des haches à Talbot et à moi, et nous a dit de couper des arbres plus petits. Talbot a protesté, disant que je ne devrais pas couper du bois, mais moi, je l'ai interrompu. « J'ai déjà eu à couper du bois », ai-je dit. Puis je me suis échinée à abattre de petits arbres afin de prouver que je pouvais le faire aussi bien que n'importe quel garçon.

22 juillet 1862
Fort Edmonton

Nous sommes arrivés à Fort Edmonton. Nous campons sur la rive opposée, en attendant de pouvoir traverser en chaland la rivière Saskatchewan Nord. Le chaland du fort est parti à la dérive, à cause de l'inondation, et les hommes sont à sa recherche. Onze jours de pluie! Mais aujourd'hui, le temps est magnifique : l'air est frais et le ciel est bleu, avec quelques nuages floconneux. Pour arriver jusqu'ici, nous avons dû franchir la berge la plus escarpée de tout notre voyage : un ravin de 200 pieds de profondeur, nous a dit M. Sellar. (M. Sellar adore débiter des chiffres. J'aime l'écouter, même si je n'aimais pas l'arithmétique à l'école!) Un passage a été frayé à coups de hache, au travers des broussailles; les charrettes et les bêtes ont ensuite été descendues au moyen de câbles, puis on les a fait traverser en passant par un pont que les hommes avaient construit. De l'autre côté, elles ont toutes été hissées jusqu'en haut. Une opération longue et pénible! Je me rappelle que les hommes disaient, là-bas à Fort Garry, que c'était facile de voyager à travers la prairie. Je commence à croire qu'ils n'ont jamais fait le voyage eux-mêmes!

24 juillet 1862

Je contournais la caserne lorsque je suis tombée sur John, qui pleurait. Je me suis arrêtée, ne sachant pas si je devais lui signaler ma présence. Mais tout à coup, il a levé la tête et m'a vue. Il s'est vite essuyé les yeux et est parti en me bousculant au passage. Il ne m'a pas dit un mot, mais le regard qu'il m'a lancé m'a donné des frissons.

J'ai tout raconté à Talbot. Il m'a dit que Thomas avait donné une raclée à John, un peu plus tôt, en lui répétant qu'il n'était bon à rien. Il a ajouté que John allait être fâché que je l'aie surpris en train de pleurer, qu'il en serait blessé dans son orgueil, et que je devrais être prudente. C'est étrange, cher journal, mais on dirait qu'aujourd'hui, j'ai vraiment vu Talbot pour la première fois. Il a les cheveux blonds comme les blés mûrs, et les yeux qui passent du bleu au gris, suivant la couleur du ciel.

25 juillet 1862

Ce matin, je me suis réveillée inquiète. Si j'arrivais à Cariboo et que papa n'y était pas? Et si les Owen emmenaient Lola et William à Toronto plus tôt que prévu? Et si je ne les retrouvais plus jamais? Qu'arrivera-t-il si je n'ai plus de vivres et si je meurs de faim? Ou encore, si je tombe malade? Je ne manque pas de tracas. On dirait que, jusqu'ici, j'étais trop occupée pour prendre le temps d'y penser et que, maintenant que nous restons sur place pour quelques jours, les tracas envahissent mes pensées. J'ai reçu un peu de thé, en guise de paiement pour mes lessives. Je l'avais mis de côté, mais là, j'ai besoin d'en boire!

L'après-midi

Une tasse de thé et un bain dans la rivière ont réussi à chasser mes soucis, du moins pour le moment. Je sais qu'ils sont encore là, prêts à m'assaillir de nouveau, au moindre signe de faiblesse.

Cet après-midi, Talbot est venu me voir et, le visage en feu, m'a demandé si je voulais aller prendre un bain. « Je vais surveiller », a-t-il dit. Puis il a écarquillé les yeux et a continué en bégayant : « Euh, pas toi. Juste les gens qui pourraient venir. Qui pourraient te voir. Mais ils ne te verront pas parce que je vais faire le guet. » J'ai eu du mal à me retenir de sourire. J'ai réfléchi pendant quelques secondes et je me suis dit qu'un bain me ferait beaucoup de bien. Au début, nous nous sentions mal à l'aise, de marcher ensemble vers la rivière, alors je l'ai poussé très fort dans un rosier sauvage plein d'épines. Cela l'a mis en colère. Puis, comme il n'était plus gêné, tout est redevenu normal.

26 juillet 1862
Encore à Fort Edmonton

Nous restons ici encore quelques jours, le temps que les hommes décident quel chemin nous devrions prendre. M. Dyer n'est pas très impressionné par le fort. Il dit qu'il est mal géré. Tout y est très sale, les bâtiments comme les gens. Tous les gens : Métis, Indiens et Blancs! Partout, il y a des chiens affamés qui nous empoisonnent l'existence. Ils grognent et donnent des coups de dents de manière très féroce. John a menacé de me jeter en pâture à cette meute, mais Talbot était avec moi, alors tout ce que John pouvait faire, c'était me menacer. Mme Schubert a l'air soulagée de rester au même endroit pendant quelques jours. Elle aussi fait des lessives, mais il y en a bien assez pour nous deux. Nous avons passé presque toute la journée à la rivière, avec du savon, puis nous avons étendu les vêtements sur des buissons pour qu'ils sèchent. J'ai les mains toutes rouges maintenant, mais mes ongles sont plus propres qu'ils ne l'ont été depuis des semaines!

27 juillet 1862

Mon pemmican a disparu! M. Dyer a dit que les chiens devaient l'avoir pris, mais moi, je sais que c'est John! Je l'avais vu rôder dans les environs, un peu plus tôt. Je suis donc allée le retrouver et je lui ai crié : « C'est toi qui a pris mon pemmican, n'est-ce pas? » Je n'avais même pas peur de lui, tant j'étais furieuse. Il a fait comme s'il ne savait pas de quoi je parlais! Je sais que c'est lui.

28 juillet 1862

J'ai acheté de la farine au magasin, avec l'argent de mes lessives, et je l'ai donnée à M. Dyer en lui expliquant que c'était pour payer ma part de sa charrette. Au début, il ne voulait pas la prendre, mais Talbot lui a donné un coup de coude dans les côtes, et il a fini par accepter. C'est bien, que j'aie pu gagner cet argent, car j'ai pu me racheter du pemmican. Qui aurait pu dire, au début de ce voyage, que je finirais par avoir hâte de manger de nouveau du pemmican! Aujourd'hui, j'ai fait beaucoup de lessive pour M. Hunter et, en retour, il m'a donné une nouvelle paire de mocassins. J'étais bien contente parce qu'il y a un trou dans le talon de mes vieux mocassins. J'aurais aimé avoir un peu d'argent à mettre de côté, que j'aurais cousu dans ma ceinture, avec l'alliance de maman, mais tout coûte très cher ici. Au moins, je n'ai pas été obligée de troquer l'alliance ni la montre, en échange de marchandises. Rien que d'y penser, j'ai un serrement au cœur et comme une boule dans la gorge. Maman me manque tellement! Il faut que je pense à autre chose.

Demain matin, nous allons poursuivre notre route. Je me sens soulagée de repartir. Le séjour a été reposant, et il y a eu plusieurs belles soirées de musique et de contes, mais j'ai toujours peur que quelqu'un d'autre que Talbot ne découvre que je suis une fille. Ce fort-ci est le dernier où on pourrait m'abandonner, avant d'arriver aux montagnes.

Il y a eu d'interminables discussions entre les hommes de notre convoi et ceux du fort, à propos de la meilleure piste à prendre pour traverser les montagnes mais, finalement, ils ont décidé de prendre la direction de la cache de Tête-Jaune. Certains prétendent que ce n'est pas la voie la plus facile, mais on dit qu'à partir de là, il y a un sentier (ou une route, selon un des hommes) facile, qui mène jusqu'à Cariboo. La plupart des charrettes ont été vendues – quelques hommes ont décidé de garder la leur – et plusieurs bœufs ont été échangés contre des chevaux. M. Dyer a gardé ses bœufs, car il pense qu'en montagne, les bœufs vont mieux se débrouiller que les chevaux. Tout doit être chargé sur les bêtes ou porté par nous. M. Dyer a dit que l'achat des vivres était la pire chose de tout le voyage, car les trappeurs et les Métis changent continuellement leurs prix. J'ai laissé une lettre ici, qui sera apportée à Fort Garry et remise à William. Ainsi, il saura que je vais bien et pourra rassurer Lola.

29 juillet 1862

Nous nous sommes remis en route pour Cariboo! Nous y arriverons dans quelques semaines! Je suis tellement contente! Ça commençait à sentir pas mal mauvais, dans le fort, avec tous ces gens et toutes ces bêtes. Nous allons passer par le col de Tête-Jaune. Un guide a pu être recruté : André Cardinal. Certains disent que le col de Tête-Jaune est plus difficile à franchir, à cause des arbres qui sont tombés sur la piste, mais c'est la voie la plus rapide. De mon point de vue, plus vite je pourrai retrouver papa, mieux ce sera.

La nuit

Il nous a fallu un peu plus de temps que prévu pour

nous mettre en branle. Nous formons maintenant un train de mulets, de chevaux et de bœufs, plutôt qu'un convoi de charrettes. Les bœufs n'ont pas aimé qu'on leur installe un bât sur le dos. Aussitôt que nous chargions les bagages dessus, ils faisaient tout tomber en se secouant. J'ai aidé Talbot tout en surveillant bien les sabots des bœufs, car ils ne se gênaient pas pour nous donner des coups de pied. Il y a maintenant 140 bêtes en tout. Nous avons demandé à un certain Félix Munroe de prendre une partie de notre chargement, car nous en avions trop pour nos bêtes. Comme nous avons mis trop de temps à nous préparer pour le départ, nous n'avons parcouru que 10 milles, jusqu'à l'établissement de Saint-Albert.

1er août 1862
Mission Sainte-Anne

Je suis épuisée. La marche était pénible parce que la boue dans laquelle nous avancions atteignait mes genoux et que j'ai dû grimper sur des arbres gisant par terre et traverser d'épais fourrés. Six hommes armés de haches partaient en tête et nous taillaient un passage à travers la broussaille, mais les arbres étaient si près les uns des autres que nous devions marcher à la queue leu leu. Puis nous sommes arrivés devant un marécage : la boue noire nous collait aux pieds, des racines immergées nous faisaient trébucher ou s'enroulaient autour des pattes des chevaux; il fallait les couper pour dégager les bêtes. Les bœufs se débrouillent mieux que les chevaux, ici. Les hommes qui avaient refusé d'abandonner leur charrette l'ont vite regretté, car elles s'embourbent souvent jusqu'à l'essieu et c'est très difficile de les dégager. Je n'ai jamais été aussi contente de voir un établissement, même s'il est aussi petit que celui-ci, qu'on appelle Sainte-Anne. J'avais à peine la force d'aider Talbot à décharger nos bagages.

Ceci me fait penser que je dois te dire une chose, cher journal. Talbot devient pénible. Il se précipite pour m'aider et ne veut pas que je soulève nos bagages. Profitant d'un moment où personne ne pouvait nous entendre, je lui ai dit tout bas qu'il devait arrêter de me traiter comme si j'étais un bibelot!

« Mais tu es une fille » m'a-t-il répondu en chuchotant. C'était effronté de ma part, mais j'ai remonté la manche de ma chemise jusqu'à l'épaule et j'ai replié mon bras pour lui montrer mes muscles. Il est devenu d'un beau rouge vif, qui est monté de la base de son cou jusqu'à la racine de ses cheveux, et ses oreilles étaient encore pires!

Je crois que Mme Schubert était contente de se reposer ici aussi. La journée a été horrible. À un moment, le petit Gus est tombé de son cheval et a failli se faire piétiner par le cheval qui le suivait. Mon cœur a presque cessé de battre, alors je pense bien que celui de Mme Schubert a dû s'arrêter complètement.

De plus, comme le cheval de Mme Schubert ne pouvait pas la porter, pour traverser le marécage, elle a dû marcher dans la boue, avec ses longues jupes, en tirant ses enfants qu'elle tenait par la main. Ensuite, Mary Jane s'est mise à faire des caprices, jusqu'à ce que je la prenne avec moi. Je l'ai distraite pendant quelque temps avec des histoires que je racontais autrefois à Lola, puis elle a recommencé ses caprices et j'ai dû la ramener à sa mère. Je voulais dire à Mme Schubert qu'on marche beaucoup mieux avec un pantalon qu'avec une jupe, mais je ne voyais pas comment y arriver sans révéler en même temps que j'étais une fille!

C'est joli, ici, à Sainte-Anne. C'est une mission et une colonie, au bord d'un lac magnifique. Il y a des champs cultivés et des petits fruits en abondance, qui ne demandent qu'à être cueillis. Des filets de fumée s'élèvent d'un campement de Métis, dominé par une petite église. Il y a trois prêtres et au moins autant de religieuses, les premières femmes blanches que nous ayons rencontrées depuis notre départ de Fort Garry. L'une d'entre elles n'a pas l'air beaucoup plus vieille que moi! Un des hommes qui voyagent avec nous a dit que les religieuses étaient des « créatures du Diable » : il n'aime pas les catholiques. Il clame à qui veut l'entendre qu'il est protestant. Je suis protestante, moi aussi, mais je ne vois ni cornes ni queues ici, à part celles des bœufs!

Je veux entrer dans l'église. Tu vois, cher journal, je commence à oublier maman, son visage, sa voix, et j'ai peur de finir par l'oublier tout à fait. Je me suis dit qu'entrer dans une église pourrait me rapprocher d'elle, m'aider à me la rappeler. Mais je ne sais pas si des catholiques laisseraient entrer des protestants dans leur église, et je n'ose pas le demander.

Le pauvre M. Morrow, qui s'est fait écraser la tête l'autre fois, a été frappé à la figure par son bœuf! Il va rester à Sainte-Anne jusqu'à ce qu'il se soit remis. À sa place, j'y penserais à deux fois avant de poursuivre mon chemin jusqu'à Cariboo!

2 août 1862

La piste devient plus difficile. Comme toujours, six hommes nous taillent un chemin à travers les broussailles et la forêt. Nous progressons lentement. Le sol boueux nous colle aux semelles, et chaque pas est une torture. Mes jambes me font tout le temps mal, mais, maintenant que j'ai montré mon bras musclé à Talbot, je serais bien mal venue de me plaindre. Les chevaux ont beaucoup de difficulté à avancer. Ils s'embourbent facilement, et ce sont les hommes qui transportent leurs charges, maintenant! Les bœufs continuent de mieux se débrouiller. Nous laissons derrière nous toute une traînée de bagages : des valises, des vêtement, des casseroles. Les hommes s'en délestent afin d'alléger leur fardeau.

3 août 1862

Je suis très fatiguée et j'ai mal partout. Je n'arriverai jamais à me rendre jusque dans les terrains aurifères. Je n'aurais jamais dû partir! Je veux retourner à la maison! Je veux retourner dans notre maison, près du moulin!

4 août 1862

M. Dyer ne va pas bien. Nous campons au bord de la rivière Pembina. Elle est profonde, son courant est très fort et elle rugit dans mes oreilles. Les hommes essaient de trouver un moyen de la traverser. De la fumée s'échappe d'une petite colline tout près! Certains ont d'abord pensé qu'il s'agissait d'un volcan, mais on a découvert qu'il s'agissait d'un filon de charbon fumant. Talbot s'occupe de son père, alors j'ai ramassé assez de charbon pour allumer un grand feu qui pourra le réchauffer. C'est très calme ici. Seul le bruit de la rivière qui coule vient briser le silence. Personne n'a plus la force de parler.

5 août 1862

Ce matin, quand nous nous sommes réveillés, il faisait froid. La rosée abondante avait gelé, formant des glaçons qui pendaient aux branches des arbres et brillaient de mille feux dans le soleil du matin. Talbot et moi avons refait nos bagages tandis que M. Dyer se reposait. Il frissonne continuellement et a une mauvaise toux. Maman lui aurait mis un cataplasme à la moutarde sur la poitrine. Le docteur Stevenson l'a soulagé en lui donnant du sirop, et M. Dyer a dit que cela lui avait fait le plus grand bien, mais, moi, je ne vois pas beaucoup d'amélioration.

Notre nouveau guide est excellent. Il a montré aux hommes comment étendre les tentes sur le sol et y déposer tout matériel. Ensuite, ils n'ont plus qu'à rabattre les côtés sur le dessus et à faire tenir le tout avec une grosse corde. Des chevaux ont tiré derrière eux ces ballots, jusqu'à l'autre côté de la rivière Talbot et moi avons traversé derrière un bœuf, avec de l'eau jusqu'au cou, en nous tenant à un câble qui avait été attaché à son harnais. M. Dyer a traversé à cheval, mais il aurait aussi bien fait de traverser à la nage, car il en est ressorti tout trempé. Cela l'a presque complètement épuisé.

6 août 1862

Ce matin, M. Dyer s'est levé, a marché pendant environ une heure, puis s'est écroulé, incapable de se relever. Notre campement, à lui, Talbot et moi, est installé sur la seule parcelle de terrain sec au milieu du marécage. Talbot a essayé de me convaincre de continuer avec les autres, mais je me serais sentie coupable de les abandonner. Ils ont été très gentils avec moi. D'ailleurs, il y a toujours des traînards, tout au long de la piste; nous n'aurons qu'à nous joindre à l'un d'entre eux quand M. Dyer ira mieux. Du moins, c'est ce que je me dis quand je me sens inquiète. En réalité, j'ai très peur à l'idée que nous pourrions nous retrouver seuls et être obligés de trouver notre chemin à travers les montagnes sans l'aide d'un guide.

C'est tellement tranquille, ici, avec seulement nous trois. Nous n'entendons que le bruissement du vent dans les feuilles, un cri d'oiseau de temps à autre, la respiration des bœufs et les quintes de toux de M. Dyer. Talbot est rongé d'inquiétude. Je lui ai dit qu'un jour de repos aiderait son père à se remettre, mais je n'y crois pas moi-même. Je n'arrive pas à supporter le silence, alors, cher journal, j'écris afin de me rassurer. Si seulement il y avait quelque chose à voir! Mais les branches des arbres nous cachent le ciel, le sous-bois est dense tout autour de nous, sous nos pieds il n'y a que de la boue, et des ombres furtives semblent nous guetter de tous les côtés. Je suis terrifiée à l'idée de passer une nuit ici.

7 août 1862

M. Dyer ne va toujours pas mieux! Cet après-midi, je me suis soudainement souvenue d'un hiver où j'avais eu une toux épouvantable et du remède que maman avait utilisé, alors j'ai décidé d'essayer la même chose. Nous avons fait un grand feu et nous avons fait bouillir de l'eau dans notre plus grand chaudron. Ensuite, nous avons tendu une couverture au-dessus de M. Dyer et du chaudron, afin qu'il respire la vapeur qui s'élevait. Nous lui faisons aussi boire beaucoup de thé léger. Nous allons continuer ainsi toute la nuit, en espérant que cela donnera des résultats.

8 août 1862

C'était tout un combat, mais M. Dyer remonte la pente, maintenant. Ce matin, alors que la lumière blafarde du petit matin traversait les feuillages et que j'apportais encore une tasse de thé à M. Dyer, il l'a repoussée du revers de la main, s'est assis et a dit : « Tu vas finir par me noyer, mon garçon! » À ce moment-là, nous avons su qu'il allait mieux. Je pense que Talbot et moi avons aussi profité de ce repos forcé. Nous avons repris la route lentement, nous arrêtant souvent pour permettre à M. Dyer de reprendre son souffle. Comme la piste avait été abondamment piétinée par ceux qui nous précédaient, nous avancions plus facilement.

Il y a eu un moment, aujourd'hui, où j'ai cru défaillir. Nous sommes passés devant une tombe! On y avait inscrit « James Doherty ». J'avais du mal à respirer, car il m'est soudainement venu à l'esprit que c'était peut-être pour une raison comme celle-là que je n'avais plus entendu parler de papa, sauf par l'unique lettre qu'il avait envoyée. Il est peut-être mort à Cariboo et est peut-être enterré dans une tombe comme celle-là. Cette idée s'est glissée dans ma tête et semble ne plus vouloir me quitter. J'ai ravalé mes larmes en reniflant pendant longtemps, jusqu'à ce que M. Dyer me dise : « J'espère que tu n'as pas attrapé mon rhume, mon garçon. »

9 août 1862

Nous avons rattrapé le convoi.

10 août 1862

Mon secret a été découvert! Tout le monde est au courant, pas seulement Talbot! Ils savent tous que je suis une fille! Aujourd'hui, c'est dimanche, alors nous restons sur place jusqu'à demain. Ce matin, j'étais occupée à écrire mon journal. Un homme est passé tout près et m'a demandé ce que j'étais en train de faire. Je lui ai répondu que j'écrivais mes souvenirs de notre voyage.

« Tu veux te rappeler tout cela? » m'a-t-il demandé.

Je lui ai répondu que oui.

« C'est drôle, mais moi, tout ce que je veux, c'est tout oublier », a-t-il dit. Il s'est éloigné et, soudain, mon journal m'a été enlevé des mains. John!

Il a arraché une page de mon précieux papier et a laissé le vent l'emporter. Il s'apprêtait à en arracher une deuxième quand j'ai vu rouge. Je me suis ruée sur lui, je l'ai attrapé à bras-le-corps, l'ai plaqué par terre et l'ai frappé avec mes mains. Il s'est facilement dégagé et s'est dirigé vers moi, le poing en l'air. J'ai tenté d'esquiver le coup, mais je n'ai pas été assez rapide, et il m'a frappé sur l'oreille. J'étais sonnée et je me suis dit que j'allais avoir droit à toute une raclée. Puis une troisième personne est venue se joindre à notre bagarre, et John a mordu la poussière. Talbot s'est mis à califourchon sur lui et lui a crié : « Ne la frappe plus jamais! » *LA!* C'est le mot qu'il a dit. John s'est relevé tant bien que mal et a dit, en me regardant : « C'est une *fille*? »

Tu aurais dû voir le visage de Talbot quand il s'est rendu compte de ce qu'il venait de faire. Dans d'autres circonstances, j'aurais bien ri de le voir comme ça, mais pas à ce moment-là. Puis, comme le vent qui se fraie un passage à travers les feuilles des arbres, j'ai entendu les mots « une fille » qui se glissaient partout dans le campement. M. Dyer est furieux que Talbot lui ait menti, même si j'ai tenté de lui expliquer que tout était ma faute.

Plus tard, devant nos gens rassemblés, on m'a demandé de m'expliquer, de dire pourquoi j'avais agi de cette façon. Je suppose que c'est ce que doit subir le criminel lorsqu'il se présente devant le tribunal afin d'être jugé : tous les visages et les yeux tournés vers lui tandis qu'il raconte son histoire.

Je leur ai raconté toute l'histoire, à propos de papa, de Mme Owen, de Lola et William, et de la mort de maman. Quelques hommes ont essuyé une larme en apprenant qu'elle était morte, et j'espère que ceux-là vont prendre parti pour moi. John et Thomas Drummond ont dit que je devais être vite renvoyée avec M. Munroe, qui doit retourner demain à Fort Edmonton, puisque nous n'avons plus besoin de lui pour transporter nos bagages.

« Pourquoi devrait-elle repartir? a demandé Joe. C'est un petit gars solide. »

« Justement, non! lui a répondu Harry, l'air exaspéré. Ce n'est pas un gars, c'est une fille! »

John a dit que j'allais les ralentir, mais Harry lui a fait remarquer que, jusqu'à maintenant, je m'étais très bien débrouillée et, pour finir, il a dit : « Et elle t'a donné une bonne raclée ». Des gens souriaient, d'autres ricanaient, mais pas John ni Thomas. J'ai failli tirer la langue à John, mais je me suis rappelée juste à temps que, maintenant, ils savaient que j'étais une fille et que je ne pouvais plus faire ce genre de choses. Ils sont encore en train de discuter de mon sort!

Le soir

Je vais pouvoir continuer! Mme Schubert a pris ma défense et a déclaré que je voyagerais avec elle et sa famille. Elle a dit aux hommes que ce serait mieux que de me renvoyer toute seule avec le guide, et la plupart ont été d'accord. Je les ai remerciés et leur ai fait mes excuses, en toute humilité! Mme Schubert m'a offert une de ses jupes, mais je lui ai dit que les vêtements de garçon me convenaient mieux. Elle a fait un petit sourire, ce qui me porte à croire qu'elle préférerait cela, elle aussi!

11 août 1862

Nous traversons une rivière par jour maintenant et, parfois, nous devons retraverser la même rivière deux ou trois fois, quand notre passage est bloqué par des arbres tombés ou par des éboulis. Ces rivières ont de drôles de noms : Root River (rivière des racines), Buffalo Dung River (rivière des bouses de bisons). Il y a des hommes qui traversent à la nage et d'autres, à cheval. Comme je ne sais pas nager, je monte derrière un cavalier ou je m'accroche à la queue d'un cheval qui me remorque jusque de l'autre côté. Malheureusement, cela signifie que je suis trempée pour le reste de la journée. Nous avançons lentement. Nous avons de la chance quand nous réussissons à faire 10 milles en une journée. La forêt est dense, et les seuls moments où nous voyons autre chose que des arbres devant nous sont ceux où nous atteignons le bord d'une rivière. Talbot dit qu'il en a plus qu'assez de n'avoir rien d'autre à regarder que le « cul » de son bœuf qui marche devant lui. M. Dyer, en jetant un regard entendu de mon côté, lui a dit de surveiller son langage. Maintenant que j'y pense, je crois bien que les hommes font attention à ce qu'ils disent quand ils sont près de moi, tout comme ils le font pour Mme Schubert. Dommage! J'étais en train d'apprendre tout plein de mots que maman aurait qualifiés de « pittoresques », afin d'impressionner William, plus tard.

Voilà déjà presque deux mois et demi que dure notre périple, et nous sommes toujours dans les montagnes. Je crois que les gens qui nous ont dit que nous arriverions dans les terrains aurifères en deux mois n'ont pas fait le même trajet que nous! Je suis très heureuse que nous ayons un guide, car aucun sentier n'est tracé devant nous; il y a seulement quelques encoches ici et là, sur les arbres, afin d'indiquer la voie à suivre. Je ne crois pas que nous aurions pu les trouver par nous-mêmes. Nos provisions commencent à s'épuiser, alors nous ne mangeons plus que deux repas par jour. J'ai remarqué que Mme Schubert donne souvent sa portion aux enfants. Je me sens coupable de manger toute la mienne, mais j'ai tellement faim à la fin d' une journée de marche que je suis incapable de me restreindre.

13 août 1862

Je vois les montagnes Rocheuses pour la première fois et ce spectacle dépasse tout ce que j'aurais pu imaginer!

Aujourd'hui, nous sommes sortis d'un marécage, et elles étaient là, dressées devant nous : de grands pics neigeux se découpant sur un ciel bleu, et le bas des pentes couvert de conifères vert sombre. Je n'ai jamais rien vu de si grandiose. Je n'arrive même pas à te les décrire, cher journal, car je ne trouve pas de mots pour une telle splendeur. M. McMicking dit que, même si nous voyons déjà nettement leurs sommets enneigés, il nous reste encore 100 milles à parcourir avant de les atteindre. Je vais essayer d'en faire un croquis afin d'en garder le souvenir, même si je sais que, malgré tous mes efforts, je n'arriverai jamais à rendre toute leur majesté. Mais la chose la plus importante, c'est que, de l'autre côté des montagnes, il y a papa! Il n'y en a plus pour longtemps, à partir de maintenant!

14 août 1862

Un cheval est mort, aujourd'hui. Plusieurs des autres bêtes sont très faibles, car il n'y a pas de pâturage pour elles. J'ai tellement faim que j'en ai mal à l'estomac.

16 août 1862

Si jamais je revois notre maison, je jure que je n'en bougerai plus jamais de toute ma vie!

17 août 1862

Quelques hommes ne voulaient pas que nous prenions notre jour de repos du dimanche. Il ne reste pas grand-chose à manger, et ils voulaient continuer de marcher, mais la majorité l'a emporté : nous restons sur place pour aujourd'hui. C'est une bonne chose, car je suis très fatiguée. Nous faisons peine à voir, maintenant : les hommes ont la barbe mal entretenue, nos vêtements sont sales, usés et pleins d'accrocs, et nous sommes crottés, n'ayant pas pu nous laver depuis si longtemps. Je suis fière de te dire que j'ai attrapé un bon nombre de truites aujourd'hui, à la rivière. Je les ai fait griller sur le feu et en ai donné aux autres, mais nous avons toujours très peu de réserves, alors nous devons nous rationner. Le voyage draine nos forces, ne nous laissant pratiquement plus d'énergie pour chasser ou pêcher, le soir venu. Mais ici, c'est très beau, avec les montagnes qui dominent le paysage, le ciel bleu, et l'eau de la rivière qui scintille sous les rayons du soleil. Les hommes parlent peu, chacun restant assis, perdu dans ses pensées. J'ai pris la montre de maman et l'ai serrée contre mon cœur en me rappelant qu'elle l'épinglait à son corsage et en m'imaginant que le tic tac était le bruit de son cœur qui battait encore.

Talbot est allé voir s'il ne pourrait pas trouver un quelconque gibier à chasser, afin d'en garnir notre marmite, mais il y a une certaine gêne entre nous, maintenant, dont nous sommes incapables de parler, alors je me sens d'autant plus seule. Aujourd'hui, j'ai aidé Mme Schubert avec les enfants. J'essaie ainsi de me faire un peu oublier, de sorte que les hommes ne regrettent pas de m'avoir laissée poursuivre le voyage.

John est passé à côté de moi et en a profité pour jeter des cailloux dans ma direction, d'un coup de pied, mais je suis trop fatiguée pour faire des histoires.

19 août 1862, le matin

Je n'ai pas très bien dormi parce qu'il y a eu un orage terrible, hier soir. Le pire que j'aie jamais vu. Le ciel s'est assombri, les éclairs zigzaguaient entre les sommets des montagnes, le tonnerre était assourdissant, et le vent secouait nos tentes. Joe avait les yeux tout écarquillés, tant il avait peur, ce qui, chez un homme de cette taille, aurait dû faire rire, mais c'était un orage comme nous n'en avions jamais vu, et nous étions tous morts de peur.

Nous grimpons sans cesse et, par moments, le sentier passe entre deux immenses parois rocheuses. Un des hommes a dit que toute cette masse rocheuse au-dessus de sa tête le rendait nerveux, et qu'il préférait de beaucoup la plaine. D'autres, par contre, sont nerveux à l'idée de traverser l'immensité sauvage des prairies. André Cardinal nous a donné le choix entre deux voies à suivre : celle qui passe au sud de la rivière Athabaska, où le sentier est abrupt et dangereux, ou celle qui passe au nord, où le sentier est plus facile, mais où il y a deux rivières profondes à traverser à la nage. Les hommes ont choisi la voie du sud. Ceux qui ne savent pas nager sont en majorité.

Le soir
Au gîte de Jasper

Je n'ai jamais eu aussi peur! Nous avions passé la journée à gravir un sentier rocheux et abrupt, à flanc de montagne. Il n'y avait rien d'autre à voir que le ciel, et j'avais le vertige. Cet imbécile de Talbot s'est planté au bord du précipice, pour jeter un coup d'œil, et m'a dit de venir voir les vallées couvertes de fleurs bleues (des centaurées et des campanules) et le gîte de Jasper qu'on apercevait au loin. J'ai fait comme si cela ne m'intéressait pas, parce que je me sentais les jambes fléchir juste à l'idée de regarder au fond de ce précipice! Mais je ne voulais pas que Talbot le sache. Je me suis donc accrochée à la queue du bœuf, en m'écartant bien de ses sabots arrière, et je l'ai laissé me tirer. Par endroits, le sentier avait à peine un pied de large! Les bagages chargés sur le dos des bêtes frottaient contre les parois rocheuses, ce qui les faisait chanceler. Tout à coup, le cheval de M. Blanchard a perdu pied et déboulé le sentier sur le dos. Par miracle, un arbre a arrêté sa chute, car la pente est de 990 pieds. (C'est M. Sellar qui me l'a dit.) Après avoir vu le cheval tomber, je me suis dit que ce n'était peut-être pas très sage, de me tenir à la queue du bœuf! J'ai donc fermé les yeux, afin de ne pas voir l'immensité du ciel, mais j'ai aussitôt trébuché sur une pierre, et c'est seulement grâce à Harry, qui m'a vite rattrapée par le bras, que je ne suis pas tombée dans le précipice. À partir de ce moment, je me suis contentée de regarder droit devant moi et de dire des prières durant tout le reste de la journée, chose qui ne m'arrive pas souvent.

Nous avons passé le gîte de Jasper, cet après-midi. C'est un petit bâtiment isolé, aux murs blanchis à la chaux et aux fenêtres condamnées. Mme Schubert était extrêmement déçue que l'endroit soit abandonné, car elle espérait s'y procurer la nourriture dont elle a grand besoin.

20 août 1862

Hier soir, j'ai dormi au bord de la rivière Athabaska. Les pics montagneux, marbrés de rose et d'or par le soleil couchant, étaient magnifiques.

21 août 1862

On dirait que, tout au long de ce voyage, j'ai été trempée au moins une fois par jour. Hier, nous avons traversé la rivière Athabaska sur des radeaux que les hommes avaient construits et, aujourd'hui, nous avons traversé la rivière Miette, tantôt à gué et tantôt à la nage, un nombre incalculable de fois. Tous les jours, je me réveille au son de la hache, car les hommes se lèvent à deux heures du matin pour commencer à nous ouvrir la voie. Joe, qui est extrêmement fort, est très apprécié pour cette tâche. Mais, malgré leurs efforts, de gros arbres tombés bloquent notre passage, et nous devons traverser et retraverser sans cesse les rivières afin de continuer à avancer. L'eau est très froide, car elle provient de la fonte des glaciers, dans les montagnes, et j'ai souvent les pieds gelés. Nous avons installé notre camp de bonne heure, car nous sommes tous fatigués et tendus. Deux hommes se sont bagarrés à coups de poing pour une raison dont personne ne se souvient. Ils se sont acharnés l'un sur l'autre pendant près d'une heure! Aucun des deux n'a gagné. Ils se sont tout simplement épuisés et ont laissé tomber.

22 août 1862
Le fleuve Fraser

Nous sommes dans la région située en amont du fleuve Fraser! Ici, une partie des eaux s'écoulent vers l'est, et l'autre, vers l'ouest. Les arbres sont différents aussi : du côté est, des épinettes, des pins, des peupliers et des saules, et du côté ouest, des cèdres, des pruches, des sapins et des érables rouges. Nous pensions que ce voyage allait durer deux mois, mais voilà plus de trois mois que nous sommes partis. Nous sommes encore au beau milieu des montagnes et nous n'en voyons pas encore la fin. Malheureusement, nous n'avions emporté des vivres que pour deux mois. Les Schubert ont abattu un cheval afin d'en manger la viande, et ils en ont donné un peu aux Dyer. D'autres ont tué un bœuf et ont découpé sa viande en fines lanières qu'ils ont fait sécher au-dessus d'un feu afin qu'elle se conserve. M. Dyer espère ne pas avoir à en arriver là. Certains se plaignent de douleurs vives dans les jambes, et d'autres saignent des gencives. Talbot m'a montré une de ses dents qui branle, puis il est devenu tout gêné et a refermé la bouche. Je lui ai demandé pourquoi et il a répondu : « Parce que tu es une fille. »

« Et alors? Tu sais depuis longtemps que je suis une fille, ai-je dit. En plus, tu continues de m'appeler Henri. »

« Mais c'est différent, maintenant que tout le monde est au courant », a répliqué Talbot.

C'est un exemple de cette gêne qui s'est installée entre nous. J'aimerais bien qu'il arrête cela!

24 août 1862

Je ne l'aurais jamais cru si je n'en avais pas goûté moi-même, mais la viande de mouffette est très bonne à manger. Pour une bête qui empeste tant, le goût est vraiment étonnant. André Cardinal nous a montré comment la faire cuire, et presque tout le monde y a goûté. Malheureusement, une seule bouchée, ce n'était pas suffisant pour apaiser ma faim. Notre guide nous a aussi expliqué que les Indiens font bouillir la mousse qui pend des arbres, mélangée au lichen qui pousse sur les cèdres. Mme Schubert en a fait bouillir. La mixture semblait dégoûtante et avait mauvais goût, mais nous en avons quand même mangé. Puis Joe a eu la gentillesse de nous apporter des bleuets qu'il avait cueillis.

Aujourd'hui, c'est dimanche, mais nous continuons notre marche (c'est le premier dimanche où nous le faisons depuis notre départ). Nous avons si peu de provisions que nous devons accélérer l'allure, sinon nous risquerions de mourir de faim. Mme Schubert m'inquiète. Malgré la viande du cheval qu'ils ont abattu, elle a l'air très fatiguée. Je marche avec ses deux plus vieux.

25 août 1862

Tout le monde est d'humeur morose, ce soir. Mais il n'est pas question de rebrousser chemin.

26 août 1862

Un jour et une nuit que je ne veux jamais voir se répéter de toute ma vie. Nous avons campé sur le flanc abrupt de la montagne, et je suis restée éveillée toute la nuit, de crainte de me mettre à rouler jusqu'en bas. Ensuite, nous avons dû nous engager sur une étroite corniche d'à peine un pied de large, couverte de plaques d'ardoise qui se détachaient facilement et, encore une fois, bordée d'un profond précipice. Les hommes ont transporté les bagages sur leurs dos, plutôt que de risquer de perdre des bêtes. Ils ont aidé Mme Schubert et ses enfants à passer. Talbot a voulu m'aider en me prenant par le bras, mais je me suis aussitôt dégagée. Il pense que j'ai besoin d'aide juste parce que je suis une fille, et ça me fâche! Mais, dès que j'ai posé le pied sur la corniche, je me suis dit que je n'aurais pas dû m'empresser de refuser son aide! Mon cœur battait tellement fort que j'étais sûre que les hommes allaient l'entendre, mais, pas à pas, j'ai fini par me rendre de l'autre côté, où je me suis effondrée jusqu'à ce que mon cœur ait repris son battement régulier. Maman avait raison : je suis beaucoup trop têtue.

27 août 1862
À la cache de Tête-Jaune

Aujourd'hui, nous avons perdu un cheval. Il était tellement fatigué de marcher qu'il a décidé d'abandonner, et il est mort. Je sais exactement ce qu'il devait ressentir.

Nous sommes arrivés à la cache de Tête-Jaune vers quatre heures de l'après-midi. Les hommes fêtent notre arrivée avec du vin de bleuets qu'ils se sont procuré dans un campement de Shuswaps que nous avons croisé sur notre passage. Il n'y a pas trace d'un sentier ni d'une route vers Cariboo, contrairement à ce que nous ont dit les gens de Fort Edmonton. Si jamais j'y retourne, je jure que j'entrerai dans le fort et leur dirai ma façon de penser!

Je suis assise un peu à l'écart, avec Mme Schubert et les enfants. J'entends les bruits de la fête et regrette de ne pas pouvoir y participer. Comme c'est ennuyeux d'être une fille! Mais cela me donne le temps d'écrire dans tes pages, cher journal.

28 août 1862

Il y a de bons pâturages pour les bêtes, ici, et nous pouvons faire du troc avec les Indiens pour obtenir du saumon et des galettes de fruits séchés. Alors nous allons rester quelques jours afin de nous reposer. Pour faire les galettes de fruits séchés, il faut réduire les fruits en purée, puis étendre cette purée sur des bâtons afin de la faire sécher. C'est très bon. Pour m'en procurer, j'ai offert en échange mon fil et mon aiguille, car mes vêtements sont tellement déchirés qu'il ne sert plus à rien de les raccommoder.

Les hommes ont décidé de nous séparer en deux groupes afin de tenter de régler notre problème de nourriture. Le premier groupe va construire des radeaux et descendre le cours du fleuve Fraser, une voie périlleuse selon les Indiens, tandis que l'autre groupe va se rendre par voie de terre, avec les bêtes, jusqu'à la rivière Thompson, un trajet plus long mais, avec un peu de chance, plus sécuritaire. Chacun est libre de décider à quel groupe il veut se joindre. Talbot et M. Dyer ont l'intention d'y aller par le fleuve Fraser, et les Schubert, par la rivière Thompson. Joe et Harry n'ont pas encore décidé. (Cher journal, ils ne se sont pas encore réconciliés tout à fait, alors aucun des deux n'est prêt à céder et à faire ce que l'autre veut.)

Mme Schubert dit que je devrais continuer le voyage

avec elle, mais les trembles ont commencé à jaunir et, le matin, le sol est couvert de gelée blanche; je me sens pressée par le temps. Je veux arriver dans les terrains aurifères le plus vite possible, car je dois absolument retrouver papa avant que la neige se mette à tomber. Je ne peux pas passer tout l'hiver toute seule dans l'Ouest. Quand l'été reviendra, Mme Owen va emmener Lola et William avec elle.

Je ne sais pas quelle route choisir. Celle du fleuve Fraser m'effraie, mais elle est plus rapide; celle de la Thompson est plus sécuritaire. Mon esprit est complètement bouleversé! Que je choisisse une voie ou l'autre, de toute manière j'aurai de la peine, car je devrai me séparer de quelqu'un que j'aime.

29 août 1862

J'ai décidé de prendre la route du fleuve Fraser. Je devine que certains (je veux dire John et Thomas Drummond) n'apprécieront pas ma décision, alors une partie de moi me dit d'attendre jusqu'au matin avant d'en parler à M. McMicking, mais l'autre partie me dit : « Fais-le maintenant. La question sera réglée une fois pour toutes. » C'est cette partie-là qui a gagné. Je vais en parler à M. McMicking tout de suite.

La nuit

Il y a eu quelques protestations à propos de ma décision de prendre la route du fleuve Fraser et, comme prévu, elles venaient principalement de John et de son frère. Ils me font enrager! Ils ont dit que j'allais retarder tout le monde.

Harry a dit que Joe et lui seraient heureux de me prendre en charge. (Ils ont décidé d'aller par le fleuve Fraser, finalement.) Harry a ajouté que je m'étais montrée bonne voyageuse et qu'au cours de notre périple, j'avais ronchonné moins que d'autres. Il a dit cela en regardant Thomas Drummond droit dans les yeux! J'ai cru un instant que Thomas allait lui sauter dessus, mais Joe s'est vite placé à côté de Harry, et le problème a été réglé. Puis M. Dyer et Talbot ont dit que je serais aussi la bienvenue auprès d'eux.

« Ça ne se fait pas, c'est une fille », a rétorqué John.

Harry a alors dit qu'à son avis, on n'a pas à se soucier des convenances dans un coin perdu comme celui-ci.

Que je sois une fille ou non n'a plus la moindre importance. Tout ce que nous voulons, c'est arriver dans la région de Cariboo avant de mourir de faim! On dirait bien que je vais m'y rendre par le fleuve Fraser. Je suis morte de peur!

30 août 1862

Aujourd'hui, c'est mon anniversaire. J'ai 13 ans. Je ne l'ai dit à personne.

1er septembre 1862, le matin

Les hommes ont construit plusieurs radeaux au cours des derniers jours. M. Sellar m'a dit qu'ils font 45 pieds de long sur 20 pieds de large. Ma tâche consistait à remplir les fentes des radeaux avec de petites perches afin que les bêtes ne s'y coincent pas les pattes. « Tu as intérêt à bien faire ton travail », m'a dit John.

J'ai fait semblant de ne pas l'entendre, mais j'ai travaillé deux fois plus fort afin de montrer aux autres ce que je vaux. Il y a deux tolets à chaque bout de radeau de sorte que, si celui-ci se brise en deux, les hommes seront encore capables de gouverner chacune des deux parties. La plupart des bêtes vont partir avec le groupe de la rivière Thompson, mais nous en avons abattu quelques-unes et avons fait sécher la viande afin de l'emporter avec nous. (J'en ai assez de manger de la viande séchée!) Des bœufs, des mulets et des chevaux embarqueront sur deux ou trois radeaux au cas où, en cours de route, nous aurions besoin de les abattre.

On a aussi fabriqué des pirogues en évidant de gros troncs de peuplier. Des hommes ont cousu ensemble des peaux, puis les ont tendues sur un cadre et, avec ça, ils ont construit des embarcations étanches, mais j'ai l'impression qu'elles pourraient facilement basculer. Je vais donc m'en tenir aux radeaux!

Il est l'heure de partir. Je vais monter sur un radeau avec, entre autres, Joe, Harry, M. Dyer et Talbot. Malheureusement John et Thomas Drummond y seront aussi! On dirait que Dieu veut me mettre à l'épreuve! J'ai le cœur me bat à tout rompre quand je pense à notre voyage par voie d'eau, mais je me répète sans cesse que je serai bientôt rendue à Cariboo, auprès de papa.

2 septembre 1862

Si seulement tout le voyage avait été aussi facile que maintenant! Pas de sentier à tailler à travers la forêt, pas de marécages, pas de ponts à construire ni à traverser! Hier, en quittant le rivage, j'ai eu un moment de panique quand j'ai aperçu des Indiens qui nous regardaient partir en secouant la tête. L'un d'eux a crié quelque chose, mais je n'ai pas compris ce qu'il avait dit, alors j'ai demandé à Talbot. D'abord, il n'a pas voulu me le répéter, mais j'ai fini par le faire parler et, ensuite, je l'ai regretté. L'Indien a crié : « Pauvres hommes blancs finis. » J'aurais voulu quitter le radeau sur-le-champ : si quelqu'un connaît ce fleuve, c'est bien un Indien! Mais comme, jusqu'à maintenant, il ne nous est rien arrivé de fâcheux, mes craintes se sont envolées.

Le moment le plus difficile, c'était quand il a fallu dire au revoir au groupe de la rivière Thompson. Nous avons fait tout ce chemin ensemble, sans que personne perde la vie, et maintenant nous devons nous séparer. J'avais le cœur gros en quittant les Schubert. Par moments, j'ai l'impression que je suis toujours en train de dire au revoir à quelqu'un : à papa quand il est parti pour Cariboo, à maman quand elle est morte, puis à William. Mais je n'ai pas dit au revoir à Lola.

3 septembre 1862

Il pleut sans arrêt. Je suis trempée jusqu'aux os, mais cela n'a pas d'importance puisque, de toute façon, je crois que je n'ai été au sec que quelques jours depuis le début de notre périple. Nous avons essayé de faire du feu sur le radeau afin de faire chauffer de l'eau pour le peu de thé qu'il nous reste, mais, juste au moment où la première flamme est apparue, une vague est venue s'abattre dessus et l'a éteinte. Notre thé devra attendre jusqu'à ce que nous accostions, à la tombée de la nuit. Je peux au moins me reposer et me rattraper dans l'écriture de mon journal, quoique j'aie bien peur d'utiliser trop de pages. Je vais écrire plus petit. Je me rappelle que maman, un jour, était en train d'écrire une lettre et qu'elle s'est retrouvée à court de papier. Elle a tourné sa feuille dans l'autre sens et, d'une écriture un peu plus grosse, a couvert les mots déjà écrits. C'est ce que je ferai, si cela devient nécessaire.

Talbot est en train de parler avec Joe. Il ne devrait pas. C'est au tour de Joe de surveiller s'il y a des bancs de gravier dans le lit du fleuve, mais il n'arrive pas à faire deux choses à la fois. Les radeaux s'échouent facilement sur ces bancs et, ensuite, il est très difficile de les dégager. Presque tout le monde fait la sieste, en ce moment. C'est difficile de dormir, la nuit, car sur le rivage, le sol est dur, humide et froid. Chaque soir, je bénis Mme Sinclair de m'avoir donné la peau de bison, quand je l'étends sur le sol. Je la chéris comme la prunelle de mes yeux!

Elle m'a protégée...

Plus tard

Désolée, cher journal, de t'avoir laissé en plan, mais

ce que je craignais est bel et bien arrivé. Joe était en train de bavarder avec Talbot et n'a pas vu le banc de gravier. « T'es même pas capable de te servir du peu de cervelle que le Bon Dieu t'a donné, espèce d'âne », lui a crié Harry. Je voyais Joe qui se creusait la cervelle, mais tout ce qu'il a réussi à dire, c'est : « Je te défends de me traiter d'âne, espèce de… de bœuf. »

Talbot m'a dit qu'il se sentait coupable d'avoir détourné l'attention de Joe, et je lui ai répondu que c'était un peu tard pour y penser. Il nous a fallu des heures pour nous dégager de là, ce qui n'a pas arrangé l'humeur des gens, en particulier celle de Thomas, qui n'a pas arrêté de pester contre Joe.

4 septembre 1862

Je n'arrête pas de pleurer. Un drame s'est produit! Tôt ce matin, le canot portant M. Warren, M. Robertson et M. Douglas nous a devancés. Au passage, nous nous sommes tous salués joyeusement. Quelques heures plus tard, lorsque nous sommes arrivés devant un petit banc de gravier au milieu du fleuve, nous avons aperçu M. Warren et M. Douglas, assis là, mais sans M. Robertson! Nous leur avons porté secours, et ils nous ont raconté qu'ils étaient arrivés dans des rapides et que leur embarcation avait basculé. Les canots filent beaucoup plus vite que les radeaux dans les rapides et ils se renversent beaucoup plus facilement, aussi. M. Robertson s'est mis à nager vers la rive, pour aller chercher de l'aide, tandis que les deux autres sont restés accrochés au canot. Ils ont fini par s'échouer sur ce banc de gravier, mais ils ne voyaient plus M. Robertson. Nous l'avons cherché pendant des heures sur la rive, sans succès, alors nous supposons qu'il s'est noyé. Il était très gentil, ce M. Robertson, pas comme d'autres qui sont toujours de mauvaise humeur.

Un peu plus tard

John vient de passer près de moi et a dit : « Elle pleure, comme une vraie fille. »

« Mais je SUIS une fille », ai-je crié. Puis je lui ai lancé une insulte que les filles ne sont pas censées connaître. Joe et Talbot en sont restés bouche bée, mais je crois avoir vu M. Dyer esquisser un sourire. « Sauf votre respect », ai-je dit.

Une fois revenu de sa surprise, Talbot m'a dit de ne pas m'occuper de John, car nous atteindrons bientôt les terrains aurifères et nous serons alors débarrassés de lui. Mais moi, je regarde M. Dyer, Joe, Harry et tous les autres qui sont sur le radeau et je me demande s'ils vont arriver sains et saufs dans la région de Cariboo. Et moi, vais-je arriver saine et sauve?

5 septembre 1862

Nous sommes tous affectés d'un trouble intestinal. Un radeau n'est pas la meilleure place quand on a un tel problème! Je crois que la viande que nous avons mangée était avariée.

6 septembre 1862

Les hommes dorment presque tous, alors je profite de ce moment de calme pour t'écrire, cher journal. Le paysage qui défile devant nos yeux est magnifique. Je ne comprends pas pourquoi on dit que la roche est grise. Elle est plutôt de plusieurs couleurs : rose, ocre, noire. Aujourd'hui, des nuages bas adoucissent la crête des montagnes et enveloppent la cime des conifères. Nous traversons d'étroites vallées aux flancs boisés et des taillis...

Plus tard

Encore un incident, mais sans perte de vie, cette fois. Tandis que j'écrivais, j'ai soudain entendu le grondement assourdissant de l'eau coulant entre des roches! Les hommes qui manœuvraient le radeau se sont mis à crier pour réveiller ceux qui dormaient. Tout le monde s'est précipité sur les rames afin de nous ramener jusqu'à la rive. Tout à coup, Talbot a crié, assez fort pour se faire entendre malgré le bruit : « Quelqu'un est tombé! »

Je me suis vivement retournée et j'ai vu Joe qui plongeait. J'ai d'abord cru que c'était lui qui était tombé, mais j'ai vite compris que c'était Harry! Je voyais la tête de Joe qui plongeait, puis remontait, puis replongeait et, finalement, il est remonté en tenant Harry. Tous deux flottaient en direction des rapides, et personne ne pouvait les aider car tout le monde était occupé à ramer vers la rive. Sans vraiment y penser, j'ai attrapé un couteau, coupé la corde qui retenait la rambarde et arraché la perche, que j'ai tendue à Joe. Talbot et M. Dyer se sont rués à mes côtés et ont agrippé la perche eux aussi. Nous avons réussi à ramener Joe. Il a hissé Harry sur le radeau.

Après que Harry a recraché ce qui me semblait l'équivalent d'un seau d'eau, il a commencé à se sentir mieux.

Le soir
Au bord du fleuve Fraser

Joe est un vrai héros, même si ça le laisse perplexe. Chaque fois que Harry (qui s'est bien remis) passe près de Joe, il lui donne une tape dans le dos. Joe fait alors un grand sourire. Ils sont redevenus les meilleurs amis du monde. J'ai dit à Joe qu'il avait été très courageux, en sautant dans l'eau, et je l'ai embrassé sur la joue. Il est devenu tout rouge et a répondu : « Il fallait bien que je saute : c'était Harry. » Je suppose que c'est une explication. M. Dyer a dit que j'avais eu un très bon réflexe. J'étais contente que, pour une fois, mon esprit n'ait pas été complètement bouleversé!

En ce moment, je suis assise au bord de l'eau, tandis que les hommes discutent de ce qu'il faut faire. Là où nous sommes arrivés, le fleuve coule dans un étroit canyon et forme une succession de rapides. Et, à un endroit, l'eau bouillonne et forme un tourbillon.

Les hommes ont décidé qu'il n'y a rien d'autre à faire que d'essayer de traverser les rapides et le tourbillon.

Soit cela, soit nous laisser mourir de faim sur place. Afin d'alléger les radeaux, un petit groupe va prendre des vivres et et contourner les rapides à pied. Talbot et moi, nous en serons, car c'est considéré comme plus sûr pour les jeunes. Talbot a boudé tout l'avant-midi parce qu'il n'aime pas qu'on le qualifie de « jeune », comme moi, et qu'on se croit obligé d'assurer sa sécurité. Joe et Harry vont rester sur le radeau, Joe parce qu'on a besoin de sa force et Harry parce qu'il sait garder la tête froide.

7 septembre 1862

De retour sur le radeau. Hier, j'avais la gorge serrée d'angoisse en regardant les hommes le manœuvrer à travers les rapides. Une fois pris dans le courant, le radeau s'est mis à filer à toute vitesse dans l'étroit canyon. Des vagues se brisaient sur les parois rocheuses et l'eau retombait en volutes d'écume blanche. À un certain moment, le radeau a été submergé, et nous avons étouffé un cri de désespoir, mais il a tôt fait de réapparaître, et tous les hommes étaient sains et saufs. Puis le radeau a passé le coude et s'est dirigé vers le tourbillon, et nous l'avons perdu de vue. Mais, quelques minutes plus tard, un grand cri de joie s'est mêlé au rugissement du fleuve, et nous avons su que les hommes s'en étaient tirés.

8 septembre 1862, le soir
À Fort George

Nous sommes arrivés à Fort George et,

malheureusement, dans la tristesse. M. Pattison est mort. Le docteur Stevenson a dit que c'était la diphtérie et qu'il n'aurait rien pu faire. Quand nous avons commencé la descente du fleuve Fraser, M. Pattison avait mal à la gorge, puis il a passé deux jours échoué sur la rive, sans nourriture ni abri, quand son canot s'est renversé dans des rapides. Nous avons aussi entendu dire qu'un autre homme voyageant en canot s'est noyé, mais je ne le connaissais pas très bien.

Des hommes ont trouvé un champ de pommes de terre et en ont déterré quelques-unes. M. Hunniford a d'abord protesté, en disant que c'était du vol, puis il a laissé tomber. Il faut croire que nous avons tous changé. Pour le souper, nous avons mangé du poisson et des patates. Un vrai régal!

9 septembre 1862
Encore le fleuve Fraser!

Nous voilà de nouveau sur le radeau, avec des Indiens pour nous guider jusqu'à Quesnellemouth. Nous nous sommes vite retrouvés devant des rapides et, comme l'autre jour, Talbot, moi et plusieurs autres les avons contournés à pied, et le radeau s'en est tiré sans encombre. Pendant que Joe racontait la descente en radeau dans les rapides, Talbot était vert de jalousie d'avoir manqué une telle aventure. Finalement, il est parti bouder dans son coin.

John a laissé échapper l'un des sacs de Thomas dans l'eau, par accident, quand nous déchargions le radeau.

Thomas l'a traité de bon à rien et l'a frappé sur le côté de la tête. John est tombé par terre, et Thomas allait le frapper encore quand M. Dyer s'est planté devant lui et a dit : « Ce n'était pas mérité. C'était un accident. »

John s'est relevé et a jeté un regard assassin à Thomas. Nous en étions tous remués. Ce sont des gens vraiment désagréables.

Ce soir, nous campons près d'un groupe de Chinois. Je n'avais jamais vu de Chinois et je les trouve fascinants, avec leur tresse dans le dos et leur peau jaune, et aussi les baguettes dont ils se servent pour manger, au lieu de fourchettes et de couteaux. Les Chinois fouillent les bancs de sable et de gravier, à la recherche d'or. Je voulais leur demander s'ils connaissaient papa, mais M. Dyer a dit que ce n'était pas convenable que j'aille leur parler. J'en ai assez des convenances!

11 septembre 1862
Quesnellemouth

Nous sommes arrivés à l'embouchure de la rivière Quesnel! Nous sommes dans la région de Cariboo! Mais tout le monde a le moral à zéro. Cet endroit est très laid. Les bâtiments sont serrés les uns contre les autres. Deux magasins offrent des vivres, mais ils coûtent très cher. Il y a aussi une cantine, des huttes d'Indiens et une tente où se font des paris. Ils vont nous trouver bien mauvais clients.

Presque tous les hommes ont pu manger à une table pour la première fois depuis quatre mois, mais moi, je n'avais pas assez d'argent pour me payer un repas : un plat de fèves au lard coûte 2,50 $! J'ai mangé de la viande séchée et un biscuit, toute seule devant mon petit feu.

Ce qui a sapé le moral des hommes, c'est le fait qu'il y ait ici des chercheurs d'or qui repartent des terrains aurifères les mains vides! Où est donc tout cet or? Maintenant, j'ai peur d'avoir manqué papa. J'ai peur qu'il ait déjà quitté la région de Cariboo. Je n'y avais jamais pensé. Je suis partie sans réfléchir! Et s'il avait perdu ses illusions et qu'il ait décidé de rentrer tandis que, moi, je partais vers l'Ouest? Je suis allée voir les chercheurs d'or et leur ai demandé s'ils connaissaient papa, mais personne n'en avait entendu parler. Talbot m'a dit qu'il fallait s'y attendre, car il y a des milliers d'hommes qui prospectent les terrains aurifères. Je sais qu'il l'a dit pour me rassurer, mais ses paroles m'ont fait réaliser à quel point j'ai été folle d'entreprendre ce voyage. C'est comme chercher une aiguille dans une botte de foin, aurait dit maman. Je n'aurais jamais dû partir.

12 septembre 1862

D'autres radeaux sont arrivés. On nous rapporte la mort de deux autres passagers de canots, dont l'une est vraiment très étrange. Il paraît que M. Carpenter avait laissé un message sur la rive, que d'autres ont trouvé après son départ en canot : « Suis arrivé aujourd'hui à 10 heures du matin à l'entrée du canyon et ai péri noyé en le descendant en canot. Que Dieu veille sur ma pauvre épouse. »

Joe avait les yeux tout écarquillés, à se demander comment M. Carpenter avait fait pour savoir qu'il allait mourir. Talbot lui a expliqué qu'il ne pouvait pas le savoir de façon absolument certaine, mais qu'il l'avait probablement pressenti dans ses tripes. Et là, Talbot est devenu tout rouge et a vite ajouté : « Dans son ventre, je veux dire. »

« Je sais ce que sont des tripes », lui ai-je dit. Joe est resté sans parler pendant un bon moment, puis il s'est saisi la peau du ventre à deux mains. Je lui ai demandé s'il avait un malaise, et il a répondu qu'il essayait juste de voir s'il sentait dans son ventre qu'il allait mourir. Il avait l'air tellement effrayé que je l'ai rassuré en lui affirmant qu'il allait vivre très, très longtemps. Harry était découragé et lui a fait remarquer qu'il devrait cesser de faire l'idiot. Même s'ils sont redevenus amis, Joe et Harry continuent de se disputer.

En fin d'après-midi

Après toute une journée de discussions qui n'en finissaient plus, la plupart des hommes ont décidé qu'ils en avaient assez de voyager et qu'ils allaient se rendre jusqu'à la côte, puis à Victoria, pour y passer l'hiver, plutôt que de continuer vers les terrains aurifères. M. McMicking a protesté, disant qu'il avait traîné ses outils de prospecteur pendant tout ce voyage à travers les montagnes, et qu'ils ne lui serviraient plus à rien.

Je suis comme Joe aujourd'hui : je me palpe le ventre afin d'y détecter une sensation qui me dirait ce que je dois faire, mais je ne ressens rien. Je ne peux pas me permettre de prendre plus de temps et je n'ai pas d'argent pour me rendre jusqu'à Victoria. J'ai l'esprit complètement bouleversé! Il faut que j'aille jusqu'aux terrains aurifères, mais j'ai peur. La vie y est difficile. Nous entendons de terribles rumeurs, et ce n'est pas facile de faire la part des choses, entre ce qui est vrai et ce qui est pure invention. J'ai entendu une histoire, en trois versions différentes, toutes plus dramatiques les unes que les autres, à propos du meurtre d'un prospecteur dont on convoitait l'or. Talbot a dit qu'un des frères Wattie et M. Fortune avaient l'intention de se rendre dans les terrains aurifères avant que l'hiver arrive, afin de voir comment les choses s'y passent. Je vais leur demander si je peux me joindre à eux.

Plus tard

Talbot et moi avons discuté presque toute la soirée. Il pense que je ne devrais pas aller là-bas, mais je lui ai répondu que je n'avais certainement pas voyagé de longs mois par monts et par vaux pour ensuite m'arrêter à 60 milles de mon but, sans finir ce que j'avais entrepris. Joe et Harry étaient assis avec nous et fumaient la pipe sans dire un mot.

« Pourquoi ne venez-vous pas avec moi, ton père et toi? » ai-je demandé à Talbot.

Talbot a secoué la tête. « La maladie de papa l'a

beaucoup affaibli. Il ne passerait pas l'hiver, là-bas. »

Je me suis sentie honteuse de lui avoir demandé cela, car si je voulais qu'il vienne, c'était bien plus pour moi que pour lui. Je sais aussi que Talbot meurt d'envie d'y aller, mais il est de son devoir de s'occuper de son père.

J'ai demandé à Joe et à Harry s'ils n'avaient pas hâte de voir les terrains aurifères. Mais Harry a répondu qu'ils iraient passer l'hiver à Victoria, eux aussi. Ils ont besoin de refaire des provisions et de se reposer. Harry a dit, à la blague, que l'or serait encore là quand ils reviendraient au printemps.

« Mais n'aimeriez-vous pas mieux trouver de l'or tout de suite? » leur ai-je demandé.

Tout à coup, John est arrivé, désagréable comme d'habitude.

« De l'or? Tu vas encore être en train de faire des lessives, le jour où j'aurai les poches pleines de pépites d'or, *Henriette*. Même que tu pourrais faire ma lessive à moi. »

Je lui ai répondu que jamais je ne ferais sa lessive, même si j'allais mourir de faim! Il a ri et il est parti.

J'ai demandé à Harry s'il savait ce qu'allaient faire les Drummond. Il a dit qu'ils n'avaient pas encore décidé mais que, quelle que soit leur décision, il n'aurait aucun regret à les voir disparaître de sa vue.

« Tu peux être sûre que personne ne va les regretter, a ajouté Joe. Toujours prêts à faire des entourloupettes, ces deux-là. »

Puis Talbot a supplié Harry d'essayer de me

convaincre de renoncer me rendre à Cariboo, car c'est trop dangereux.

« Quand une femme a une idée en tête, pas moyen de l'en faire changer, mon garçon », a dit Harry. En entendant cela, je me suis redressée : *une femme*.

Mais, comme d'habitude, Talbot a tout gâché! « Une femme, elle? Non, juste une tête de pioche. Une vraie tête de mule », a-t-il grommelé. Vraiment très flatteur, de me comparer à une mule!

Puis il m'a dit que, si je portais mes vêtements de garçon et que je ne parlais pas trop souvent, personne ne devinerait que je suis une fille. Je lui ai jeté un regard furieux et je suis partie! Franchement! Ce n'est quand même pas ma faute si je suis maigre comme un chicot et que je n'ai pas encore de rondeurs féminines. Je suis amaigrie à cause des montagnes que nous avons dû franchir!

13 septembre 1862, à midi

Encore des adieux. J'ai la gorge serrée d'émotion, cher journal, en écrivant ceci, et je l'ai eue tout l'avant-midi. Me séparer de Joe, de Harry, de M. Dyer et de Talbot (oui, je l'avoue, même si je lui en veux encore) est la chose la plus difficile que j'aie jamais eu à faire de ma vie. Même plus difficile que de quitter Lola et William, mais, dans leur cas, je n'ai pas eu beaucoup de temps pour y penser et je sais que je les reverrai. Mais je ne suis pas sûre de revoir Talbot et les autres. Joe m'a serrée très fort dans ses bras et a dit qu'il sentait dans ses tripes que je retrouverais papa. « J'en suis certain. Tu vas le retrouver. » À mon tour, je l'ai serré très fort dans mes bras pour le remercier de ce qu'il sentait dans ses tripes. Harry m'a solennellement serré la main en disant : « Tu es une brave fille. »

Juste à écrire cela, les larmes me montent aux yeux, et je ne veux pas que M. Wattie et M. Fortune me voient en train de pleurer comme un bébé! Je leur ai dit qu'ils n'auraient pas de problèmes avec moi. Mais j'ai tellement de peine!

Je vais parler de mes adieux à Talbot, parce que c'est le meilleur moyen de m'empêcher de pleurer! Talbot est resté tout près, planté comme un poireau, pendant tout le temps que je faisais mes adieux aux autres. Quand je suis arrivée à lui, il a dit : « Je ne voulais pas dire que tu n'avais pas l'air d'une fille. Je voulais juste dire que, quand tu es habillée en garçon, tu as l'air d'un garçon. Mais je sais que tu es une fille, même si tu n'en as pas l'air... »

Harry a grogné, et les autres qui n'étaient pas loin riaient dans leur barbe, ce qui m'a gênée, et j'ai eu un mouvement d'humeur. « Oh! tais-toi! » ai-je lancé à Talbot, d'un ton rageur, et je l'ai laissé sans lui faire mes adieux. Maintenant, je regrette d'avoir fait cela.

Le soir

J'ai l'impression de ne plus avoir de jambes! La marche est difficile, car le sentier a été trop piétiné; il est tout boueux. La boue colle à mes semelles, et c'est pire avec mes nouvelles bottes. Les autres me faisaient mal aux orteils (je suppose que j'ai grandi), et mes mocassins étaient complètement usés, alors j'ai dû sacrifier le reste de mon argent pour m'acheter des bottes usagées qui ne coûtaient presque rien. Elles ont de gros talons en acier et des semelles d'un pouce d'épaisseur, pleines de clous à tête ronde qui me rentrent dans la plante des pieds. Pas étonnant que je les aie eues à bon marché!

Nous avons fait à peine 15 milles, aujourd'hui, en direction du gîte de Cottonwood. Je croyais que j'en avais fini, de grimper par-dessus des arbres morts, de glisser sur des cailloux dans les pentes raides et de patauger dans des marécages. Mais voilà que cela recommence!

Nous avons un bœuf, qui transporte nos bagages, les miens se réduisant à quelques provisions et ustensiles de cuisine. Mes seuls vêtements sont ceux que je porte, car tout ce qu'il me restait de l'argent de mes lessives a servi à acheter du lard fumé, des fèves et de la farine. Je ne veux même pas penser à ce qui arrivera, si je ne retrouve pas papa. Mais même dans le dénuement le plus complet, jamais je ne m'abaisserai à faire la lessive de John!

De l'eau glacée dégoutte des arbres et me tombe dans le cou. On aurait pu penser que je serais habituée à me faire mouiller, après tous ces mois de voyage, mais c'est toujours aussi désagréable. Je me sens très seule, cher journal. M. Wattie et M. Fortune sont gentils, mais ce ne sont pas Talbot, ni Joe, ni les Schubert. J'avais espéré avoir des nouvelles des Schubert, avant mon départ, mais personne n'en a entendu parler. Je pense à ceux qui se sont noyés dans les rapides et j'espère qu'il n'est rien arrivé à Mme Schubert et aux enfants.

14 septembre 1862
Gîte de Cottonwood

J'ai vu une chose que je n'avais jamais vue et que je ne reverrai probablement jamais. Il nous est arrivé de rencontrer des caravanes de mulets, mais là, c'était une caravane de chameaux! Oui, des chameaux! Quels animaux bizarres, avec leurs gros nez et leurs bosses sur le dos. Et ils puent! Notre bœuf n'a même pas voulu s'en approcher. Il tournait la tête et avait l'air très nerveux, jusqu'à ce que M. Fortune le fasse sortir du sentier, le temps que la caravane passe. Selon un des hommes, les chameaux ont d'abord été ramenés de Russie jusqu'aux États-Unis, quand de l'or a été découvert en Californie, puis ils ont été emmenés jusqu'ici. Les hommes qui accompagnent ces bêtes nous ont dit qu'un chameau peut transporter une charge de plus de 700 livres, qu'il n'a pas besoin de manger ni de boire comme les bœufs, mais qu'il mord, rue et fait peur aux mulets! Et là, ils m'ont prise dans leurs bras et m'ont juchée sur un des chameaux! Rien à voir avec un cheval. Je suis vite redescendue!

15 septembre 1862

Talbot est ici! Ce matin, peu de temps après notre départ du gîte de Cottonwood, il y a eu soudain tout un vacarme derrière nous et quelqu'un s'est mis à crier : « Henri! Henri! » C'était Talbot!

« Tu n'arriveras jamais à surprendre qui que ce soit de cette façon » lui ai-je dit.

Apparemment, M. Dyer ne supportait plus de voir la mine basse de Talbot, alors il lui a dit de se rendre tout seul dans les terrains aurifères, puis de venir le rejoindre à Victoria pour l'hiver, mais je n'ai pas pu entendre toute l'histoire de Talbot parce que j'étais en train d'essayer de me relever! J'ai été si surprise de le voir arriver que je me suis pris le pied dans une des ces satanées racines qui traversent le sentier et que je me suis étalée dans la boue. Talbot était mort de rire en me voyant ainsi couverte de la tête au pied de cette matière puante, mais, au moins, il ne s'est pas précipité à ma rescousse, comme on le ferait pour une fille. Tandis que j'essayais de me sortir de là, j'ai glissé encore une fois et je suis retombée sur le dos. Maintenant que j'y repense, comment Talbot a-t-il pu avoir le culot de se tordre de rire et de ne pas m'aider à me relever!

16 septembre 1862

Les hommes, pensant que je dormais, se sont mis à discuter. J'ai entendu Talbot raconter qu'il avait une autre raison d'être venu nous rejoindre : les frères Drummond ont décidé de se rendre directement à

Cariboo afin d'y trouver de l'or, plutôt que de passer l'hiver à Victoria. Talbot veut obtenir sa concession maintenant, de peur qu'il n'en reste plus au printemps prochain. Je n'étais pas contente d'apprendre que John et Thomas sont dans les parages.

Hier soir, nous avons partagé un feu avec un prospecteur qui s'en va d'ici. Il nous a raconté qu'on pouvait trouver de l'or dans plusieurs ruisseaux, comme Keithly, Antler, Harvey, Snowshoe et Grouse. Il y en a tant! Je me demande comment je vais faire pour retrouver papa. Le prospecteur a dit que, comme tant d'autres, il s'était retrouvé à court de vivres et d'argent avant d'avoir pu récolter assez d'or pour s'enrichir et qu'il avait été obligé de plier bagage. Puis il nous a parlé du ruisseau Williams, ainsi baptisé en souvenir de William Dietz, dit Dutch Bill, qui y a découvert de l'or. Il nous a aussi parlé d'un certain Billy Barker, qui a découvert un gisement encore plus riche, en aval du canyon Black Jack. Certains réussissent à amasser de 40 $ à 300 $ d'or! Par jour!

17 septembre 1862

Nous avons rencontré un groupe de porteurs indiens. Même les femmes portent sur leur dos de lourdes charges de vivres et de matériel, encore plus lourdes que les nôtres. Nous avons laissé notre bœuf avec un troupeau de vaches et, maintenant, nous transportons nos vivres nous-mêmes. Les hommes portent chacun une charge de 40 livres contenant de la farine, des fèves, du riz, du lard fumé, du thé, du sel et du sucre, une bâche, un tapis de couchage, une hache, un pic, une pelle, une batée et des armes à feu. Mon bagage est beaucoup plus léger que le leur, car je ne transporte pas d'outils ni aucune arme à feu, et j'ai peu de vivres.

18 septembre 1862

Nous sommes arrivés dans les terrains aurifères! Mais, maintenant que nous y sommes vraiment, je ne sais pas de quel côté chercher.

19 septembre 1862

Ruisseau Williams, à Cariboo!

Nous voilà au ruisseau Williams. Talbot et moi avons décidé de suivre M. Wattie et M. Fortune, qui voulaient se rendre là. La fièvre de l'or les a tous rendus malades. Talbot en a les idées complètement embrouillées. Il a racheté une batée à un chercheur d'or, pour un montant astronomique et l'a tout de suite plongée dans le ruisseau. Un homme est arrivé en courant, le fusil à la main, et lui a crié que c'était sa concession à lui et qu'il avait intérêt à déguerpir. (Je dois te préciser, cher journal, que j'ai employé des mots beaucoup moins grossiers que ceux du prospecteur.)

Le soir

Comment vais-je arriver à retrouver papa, ici? Je n'ai jamais rien vu de tel! Chaque pied de terrain est marqué avec des piquets. Des hommes courent dans tous les sens. Ils semblent tous se méfier des nouveaux arrivants. Aujourd'hui, M. Wattie s'est promené la carabine à la main. Des Chinois creusent dans des bancs de gravier qui ont déjà été exploités. Toute la journée, nous avons entendu le bruit des scies et des haches, les hommes qui criaient, le grincement des énormes roues de Cornouailles, le clapotis de l'eau, le tintement que produisent les pics de métal en frappant la pierre, et le bruit des arbres qu'on abat. Même en ce moment, où nous sommes assis devant notre feu du soir, le vacarme continue. Je regarde autour de moi et vois des feux allumés le long du ruisseau et des lanternes tenues par des silhouettes qu'on devine à peine, éclairant des hommes encore penchés sur leur puits. On nous a dit qu'ils travaillaient jour et nuit à récolter de l'or.

Il n'y a plus un seul arbre sur les berges, et de grosses crevasses se sont formées dans le terrain. Le ruisseau est bordé de cabanes en bois et de tentes, avec des grands tas de terre et de gravier à l'arrière, ainsi que des cribleurs, des sluices et des treuils. Et tout le monde ne parle que de l'or! C'est aussi important que l'air qu'ils respirent.

20 septembre 1862

Tu ne le croiras jamais, cher journal, mais j'ai été frappée par la fièvre de l'or! Depuis le début, je trouvais cela idiot, que des hommes aient pu quitter leur foyer – que papa ait pu nous quitter! – pour aller chercher de l'or. Mais je commence à comprendre pourquoi, maintenant!

Un prospecteur nous a fait visiter sa concession. Il a un associé, mais celui-ci était parti chercher des provisions à Richfield, à quelques milles plus loin. S'il est vrai que les gens d'ici peuvent être secrets et peu accueillants, il y en a quand même d'autres qui sont amicaux et, une fois qu'ils sont sûrs que nous n'en voulons pas à leur or, ils sont fiers de nous faire visiter leur concession.

Le prospecteur nous a montré comment on fait pour détourner l'eau du ruisseau sur le côté au moyen de sluices, afin de laisser le lit à découvert. Puis il a pris une batée, me l'a tendue et a mis dedans une pelletée de boue mêlée de gravier. Il m'a dit de la mettre dans l'eau et de l'agiter en faisant des mouvements circulaires. Au début, je me suis sentie très maladroite, mais ensuite, j'ai bien attrapé le rythme du mouvement. J'ai dispersé le gravier avec mes doigts, puis j'ai jeté les plus gros cailloux. À ma troisième batée, le prospecteur s'est penché et a désigné un grain jaune. « Tu as de la couleur, là », a-t-il dit.

« Vous voulez dire... de l'or? » lui ai-je demandé.

« Ouais. »

Cela a suffi. J'avais le cœur qui battait très fort, tant j'étais excitée.

Talbot était vert de jalousie parce que j'avais été la première à toucher à de l'or.

Je voulais continuer, mais j'ai été obligée de rendre la batée.

Ensuite, le prospecteur nous a montré un cribleur et un « berceau », dans lesquels sont déposées des pelletées de boue mêlée de gravier. On ajoute ensuite de l'eau du ruisseau, puis on fait bouger le « berceau », et les particules d'or restent coincées sur les riffles – des rainures au fond – tandis que la boue ressort par le bas. Le prospecteur m'a offert de travailler pour lui pendant quelques jours, à manœuvrer le « berceau », jusqu'à ce que son associé revienne. J'ai vraiment besoin d'argent, mais les nuits sont froides et de plus en plus longues, et je dois retrouver papa avant que l'hiver arrive, alors j'ai refusé. Talbot a refusé, lui aussi. Il veut avoir sa propre concession. Avant de partir, j'ai demandé au prospecteur s'il connaissait papa, mais il a répondu que non. Il nous a raconté qu'avant de venir ici, il était commis dans une imprimerie à San Francisco.

21 septembre 1862

Je suis fatiguée, j'ai faim et je me sens désespérée. Talbot, lui, est en pleine forme, excité par tout ce qu'il voit. C'est très vexant.

Nous avons descendu le ruisseau qui est en aval du canyon. À cet endroit, les hommes creusent des puits très profonds dans le lit du ruisseau. Nous avons pu voir de plus près les grandes roues de Cornouailles. Elles ressemblent à la roue hydraulique de notre moulin et servent à faire fonctionner des pompes qui retirent l'eau des puits. Même quand le ruisseau gèle, les puits peuvent continuer à être exploités en hiver. Mais on nous a dit que seuls quelques prospecteurs vraiment acharnés restent sur leur concession; les autres vont passer l'hiver plus au sud, à Victoria ou à New Westminster. Nous avons rencontré deux hommes qui ont creusé pendant deux mois sans succès, alors que dans la concession voisine de la leur, on extrayait l'or à un rythme effréné. Ici, c'est comme cela que les choses se passent.

J'ai observé un homme qu'on faisait descendre dans un puits à l'aide d'un baquet et d'un treuil. Le câble s'enroule autour d'un gros rouleau en bois muni d'une manivelle, au-dessus du puits. Un autre homme tourne la manivelle pour faire monter et descendre le baquet. Parfois, les hommes utilisent des échelles pour descendre dans les puits. Je m'étonne qu'ils soient capables de creuser jour après jour sans rien trouver. Moi, je serais vite découragée.

J'ai demandé aux prospecteurs s'ils connaissaient papa. Ils ont pris le temps d'y penser, en ont discuté entre eux, puis ont répondu qu'ils ne le connaissaient pas. J'ai aussitôt fondu en larmes, ce qu'un garçon n'aurait jamais fait! Un des hommes, qui était vraiment désolé pour moi, m'a tapoté l'épaule. « Essaie à Richfield, mon garçon, a-t-il dit. S'il est ici, dans la région, ils vont le connaître, au bureau des mines. »

Les prospecteurs ont offert à M. Wattie et à M. Fortune de partager leur concession avec eux, en échange de quoi ils devront leur fournir les vivres pendant deux semaines, car eux-mêmes n'en ont plus.

Leur concession ne leur a pas encore rapporté assez d'argent pour pouvoir en racheter. Mais M. Wattie et M. Fortune ont répondu qu'ils se rendaient à Victoria pour y passer l'hiver et qu'ils n'étaient que de passage, afin de se faire une idée des lieux.

Nous avons aussi rencontré un chercheur d'or qui exploitait seul sa concession, mais je pense que c'était une femme, en réalité! Ici, la plupart des hommes portent la barbe, alors que ce prospecteur-là n'avait pas l'ombre d'une moustache sur la lèvre. Il (ou elle) n'a presque rien dit, mais il (ou elle) avait une voix aiguë. Au moment de partir, je me suis retournée afin de jeter un dernier regard, et il (ou elle) m'a fait un clin d'œil.

24 septembre 1862
À Richfield

M. Wattie et M. Fortune voulaient voir Richfield. L'établissement est entouré de montagnes basses et se trouve au bord du ruisseau Williams. Le sommet des montagnes est couvert d'arbres, et l'endroit devrait être joli, mais il ne l'est pas du tout! En fait, c'est probablement l'endroit le plus laid que j'aie jamais vu. Autour de la ville, le terrain est dénudé, car tous les arbres ont été abattus sans aucun soin; il ne reste plus que de vieilles souches. Partout, on voit des tas de terre et de déchets. Au milieu de la ville, le ruisseau est bordé de tentes et de cabanes faites de mauvais bois. Nous avons senti l'odeur de la ville avant même de la voir. Ça sentait le feu de bois, la gomme de pin, le lard frit et –

je te l'assure – les fèves au lard.

Il y a quelques magasins (et il s'en construit d'autres) où les prospecteurs viennent s'approvisionner, des cantines, un hôtel, une prison construite en rondins, une banque et une église (catholique romaine) et, bien sûr, des maisons de jeu et des saloons. M. Wattie et M. Fortune nous ont dit, à Talbot et à moi, d'aller faire un tour pendant qu'ils iraient au saloon. Talbot n'était pas très content, car il se croyait assez vieux pour y aller. Il était si occupé à râler qu'il ne regardait pas où il allait; il a mis le pied dans un tas de crottin de mulet encore fumant. Et cela l'a mis encore plus en colère.

Papa n'a jamais été un buveur – une bien mauvaise habitude, disait maman. Et comme elle détestait les mauvaises habitudes et qu'elle nous empêchait d'en avoir, papa ne buvait pas. Nous avions quand même de mauvaises habitudes et, aujourd'hui, je suis désolée de lui avoir fait subir les miennes. Comme mon caractère têtu, qu'elle n'a pas réussi à corriger, ou comme papa qui ne pouvait jamais rester en place. Cher journal, si maman pouvait me revenir, je ferais d'énormes efforts afin de me corriger. Mais je suppose qu'il est un peu tard pour y songer.

Nous nous sommes promenés un peu partout, suivis d'une meute de chiens qui aboyaient et nous mordillaient les talons. Et tout le temps, je me disais qu'il manquait quelque chose. Soudain, je me suis rendu compte de ce que c'était : il n'y avait pas d'école. Mais, de toute façon, il n'y avait pas d'enfants.

J'ai examiné attentivement tous les hommes que nous avons rencontrés. Ils portent tous de longues barbes, et je me suis dit que, si papa s'était lui aussi laissé pousser la barbe, je pourrais passer à côté de lui sans même le reconnaître. Et comme moi, je suis habillée en garçon, il pourrait bien en faire autant! Un homme m'a crié : « Qu'est-ce que tu as à me regarder comme ça? » En bégayant, j'ai répondu : « Rien! » et j'ai regardé ailleurs.

Puis j'ai vu le bureau des mines. J'y ai entraîné Talbot et j'ai demandé à l'employé si Georges Palmer avait obtenu une concession. L'employé a demandé quand papa était arrivé à Cariboo. Je lui ai dit que je ne le savais pas. Ma réponse l'a vexé; il a soupiré très fort, puis a feuilleté un registre, en regardant à peine les inscriptions, et a fini par me dire qu'il n'avait trouvé aucun Georges Palmer. Je voulais lui demander de regarder une deuxième fois, mais il était tellement impatient que je n'ai pas osé le faire.

Voici un croquis de Richfield.

25 septembre 1862

J'ai cru voir John et Thomas Drummond, aujourd'hui, mais je les ai aussitôt perdus de vue. Talbot a dit qu'il était peu probable que nous les rencontrions, car la région de Cariboo est vraiment très vaste, et qu'il y a des milliers de prospecteurs dans les environs. Je veux bien le croire, mais je ne me sens pas l'esprit tranquille.

26 septembre1862

Il commence à faire très froid. Toujours aucun signe de papa. Personne ne le connaît ni n'en a entendu parler.

27 septembre 1862

Le sol est recouvert de neige, et il continue d'en tomber en rafales qui nous enveloppent. Cela me terrifie. M. Wattie, M. Fortune et Talbot doivent partir aujourd'hui pour la côte. Ils veulent se mettre en route avant que la neige rende le voyage impossible. Ils m'ont pressée de les accompagner, en disant qu'ils ne pouvaient pas vraiment me laisser seule ici. Pendant un moment, j'ai cru qu'ils allaient se mettre à trois pour me forcer à les accompagner, mais j'ai réussi à leur résister. Cela n'a pas été facile. « Henri, a dit Talbot, ceci n'est que la première tempête. L'hiver va bientôt s'installer. Viens à Victoria et, au printemps, nous reviendrons et nous retrouverons ton père. Je te le promets. » Mais je lui ai répondu que je sentais dans mes tripes que papa n'était pas loin et que, si j'attendais jusqu'au printemps, il serait peut-être reparti. Et alors Mme Owen emmènerait Lola et William avec elle et je ne les reverrais plus jamais de toute ma vie! Je lui ai fait mon plus beau sourire et lui ai dit que je me débrouillerais. Je pense qu'il ne me croit pas. Je ne me crois pas moi-même! Mais je n'ai pas le choix.

Ils vont partir. Je dois aller leur faire mes adieux.

Le soir

Talbot est resté! « Je n'allais quand même pas te laisser ramasser tout l'or, a-t-il dit. J'en aurais entendu parler jusqu'à la fin de mes jours! »

J'aurais pu le serrer dans mes bras, tant j'étais heureuse qu'il soit resté. Ça me coûte de l'admettre, mais j'avais une peur bleue à l'idée de rester ici toute seule. Mais, à la place, j'ai dit : « Comme tu veux. » Et, aussitôt, je me suis sentie mal à l'aise d'avoir dit cela avec une telle désinvolture, car il avait l'air blessé. Il a remis à M. Wattie un message pour son père. M. Wattie est très soulagé que je n'aie pas à rester toute seule.

Nous campons en dehors de Richfield. J'essaie de chasser de mes pensées l'hiver qui s'en vient, mais c'est difficile, quand j'ai les pieds comme des blocs de glace et les doigts trop engourdis pour tenir ma plume plus longtemps.

28 septembre 1862

De la pluie glaciale a dégouliné sur moi toute la nuit,

car la tente de Talbot n'est pas en très bon état. Ce matin, je suis si fatiguée que je vois à peine les mots que je suis en train d'écrire. Et ce qui n'arrange rien, c'est que je n'ai ni thé ni biscuits pour le déjeuner. J'ai le moral très bas, aujourd'hui. Je m'attendais à ce que papa soit ici pour m'accueillir à mon arrivée et je ne croyais pas avoir à le chercher partout.

Voilà que j'ai réussi à me rendre mélancolique et à me faire penser à maman, William et Lola, Harry et Joe, et les Schubert. On dirait que chaque personne que je rencontre dans ma vie et qui me quitte ensuite laisse sous ma peau une petite écharde qui continue de me piquer et de me faire mal.

Talbot m'a demandé pourquoi je reniflais. Je lui ai répondu que c'était à cause du froid. Il va falloir que je me rende à la ville avec la montre de maman afin de voir si je peux obtenir des vivres, en échange. J'aurais voulu gronder Talbot de belle façon pour avoir dépensé tout son argent à l'achat d'une batée, mais j'en suis incapable. Après tout, c'est à cause de moi qu'il est ici.

29 septembre 1862

Ce matin, je me suis réveillée entre quatre murs pour la première fois depuis cinq mois, mais je partage ma chambre avec un cheval et deux mulets. J'ai quand même pris quelques secondes pour admirer ces quatre murs, malgré les espaces entre les planches, qui laissent passer l'air froid! Talbot ne voulait absolument pas rester ici, malgré mon insistance, disant que ce n'était pas convenable, maintenant que nous sommes en ville. « Au diable, les convenances », ai-je répliqué, mais il est retourné seul à notre campement.

J'ai trouvé du travail! Dans un saloon! Maman n'approuverait pas, ni papa, j'en suis sûre, mais c'était ça ou mourir de faim. Hier, je marchais d'un pas décidé dans la rue principale, tentant de savoir où je pourrais vendre la montre de maman, quand la porte d'un saloon s'est ouverte avec fracas et qu'un homme a été projeté dehors et a atterri à mes pieds. Un second homme a suivi, mais en descendant lourdement les marches et non en volant. Il a donné un coup de pied dans les côtes du premier. Celui-ci n'a pas bougé d'un poil, restant étendu là, la bouche entrouverte et les yeux révulsés.

« Bon, voilà qui est fait », a dit le second homme.

« Qu'est-ce qui est fait? » ai-je demandé, même si j'étais un peu craintive, tant il avait l'air fâché.

« C'est mon cuisinier, mais regarde, il n'est bon à rien, a répondu l'homme. Soûl comme une bourrique. Il s'est servi de mon alcool, et me voilà seul avec une salle pleine à craquer d'hommes qui veulent déjeuner. »

Cher journal, je ne sais vraiment pas ce qui m'a pris, mais je lui ai dit que je savais faire des biscuits.

L'homme m'a dévisagée pendant si longtemps que j'ai commencé à m'inquiéter. « Bon, écoute, a-t-il dit. Je vais t'engager pour ce matin parce que je suis désespéré. Mais c'est seulement pour me dépanner, c'est bien compris? »

L'instant d'après, je me suis retrouvée dans la cuisine,

occupée à mélanger de la farine et de l'eau, à préparer du café, à faire sauter des pommes de terre et des lamelles de viande (pour en faire plus). Je ne pouvais pas croire que j'étais là, à préparer une telle quantité de nourriture en sachant qu'il n'y en avait pas une miette pour moi.

Au bout de deux heures, les hommes étaient tous repartis, et le propriétaire est venu à la cuisine. « Je ne sais pas comment tu t'y es pris, mon garçon, mais tu les as tous fait manger et, en plus, ils sont repartis sans rouspéter. »

Je crois qu'il m'a vue chanceler, car il a approché une chaise, m'a fait asseoir dessus et a brusquement déposé devant moi le poêlon qui contenait des restes de pommes de terre et de viande grillée calcinés, et deux biscuits. « Tiens, avale ça! » Puis il m'a demandé si je voulais préparer le déjeuner chaque matin.

Il m'a interrogée à propos de ma famille, et je lui ai raconté que maman était morte, que mon frère et ma sœur étaient restés à la colonie de la rivière Rouge, et que j'étais à la recherche de papa. Je ne lui ai pas dévoilé que j'étais une fille, mais je lui ai mentionné le nom de papa.

« Jamais entendu parler de lui, a-t-il répondu. Mais ce n'est pas une mauvaise idée de t'arrêter ici pour un certain temps. Tôt ou tard, tous ceux qui sont dans la région doivent passer par ici. »

Je lui ai dit que papa ne buvait pas, mais il a déclaré que c'était sans importance, car mon père risquait quand même d'entrer ici pour manger, par exemple.

Je ne sais pas s'il était sincère ou si c'était simplement parce qu'il avait désespérément besoin de quelqu'un pour faire les déjeuners. J'ai lorgné le dernier biscuit, en me disant que j'avais encore un petit creux à remplir, mais j'ai pensé que ce serait impoli de le manger sous son nez pendant qu'il parlait, alors je l'ai laissé dans l'assiette. Je pourrais toujours le prendre quand il serait parti.

Il a dit que je pouvais habiter dans la remise, à l'arrière. « Il y a là deux mulets et les bêtes que les clients veulent loger pour la nuit. Tu peux en prendre soin, aussi. »

J'ai demandé si, parmi ces bêtes, il y avait des chameaux. Ils puent tellement que je ne crois pas que je serais capable de dormir avec eux. Il a dit qu'il n'accepterait jamais de chameaux parce qu'ils donnent des ruades aux mulets. Puis il a pris le dernier biscuit et s'est mis à le grignoter.

Voici mes tâches : préparer le déjeuner, balayer le plancher dans le saloon, vider les crachoirs (je n'ai pas trop envie de le faire!), apporter de l'eau et du bois, ramasser le crottin devant la porte d'entrée et prendre soin des mulets. En échange, je peux dormir dans la remise et j'ai droit au déjeuner et au dîner. Il m'a offert 50 cents de gages par jour. Je lui ai demandé plus d'argent, et nous avons fini par nous mettre d'accord pour un dollar. Je lui ai fait remarquer que je ne mangeais pas beaucoup, même si j'aurais bien aimé avoir le biscuit qu'il venait de manger! Il s'appelle M. Mallard (comme le canard!) et, en ce moment même, il me crie qu'il est 4 h 30 du matin et que je devrais peut-être songer à faire les biscuits.

1er octobre 1862

Je comprends pourquoi le cuisinier de M. Mallard s'est mis à boire! M. Mallard crie et hurle à longueur de journée! Mais quand un des hommes a failli me donner un coup de pied parce que j'avais déplacé le crachoir (comment pouvais-je savoir qu'il était placé à une distance bien précise, correspondant à la portée de leurs crachats!), M. Mallard l'a attrapé par le collet de son manteau, l'a entraîné dehors et lui a dit de ne plus jamais revenir. Ensuite, il m'a engueulée pour avoir déplacé le crachoir.

J'ai demandé à tous ceux que j'ai rencontrés s'ils connaissaient papa, mais personne n'en a entendu parler.

Ce soir, je suis tellement fatiguée que je ne vois plus assez clair pour continuer d'écrire. Ce qui est aussi bien, car ce carnet de comptabilité sera bientôt fini.

2 octobre 1862

Trop fatiguée pour écrire. Trop fatiguée pour chercher papa.

3 octobre 1862

Des marchandises sont arrivées au saloon aujourd'hui, enveloppées dans du papier. J'ai demandé à

M. Mallard si je pouvais récupérer l'emballage. « Tu veux avoir mon papier et, en plus, te faire payer? » m'a-t-il demandé. Je suis restée à le regarder sans rien dire, jusqu'à ce qu'il me dise de prendre le papier. Maintenant, j'en ai un peu plus, pour écrire et pour faire un ou deux dessins.

Le saloon est assez vaste. Un grand comptoir longe l'un des murs, formant une table haute. M. Mallard se tient là, devant ses bouteilles d'alcool. Huit tables ordinaires occupent le reste de l'espace, avec un poêle au milieu, pour le chauffage. À l'arrière du saloon, il y a trois chambres : une pour M. Mallard, une autre avec quatre couchettes serrées les unes contre les autres, pour les clients qui paient, et la dernière, pour les hommes qui n'ont presque plus d'argent et qui peuvent payer moins cher et coucher à même le plancher. Les hommes de ces deux chambres changent continuellement. « Il y en a toujours un qui repart, m'a dit M. Mallard. Mais, tous les jours, il en arrive d'autres, le regard plein d'espoir, qui sont prêts à les remplacer. »

Ça sent plutôt mauvais dans ces chambres, car presque tous ces hommes auraient besoin d'un bon bain, tout comme moi, d'ailleurs, je dois l'avouer! On peut reconnaître ceux qui ont fait fortune, car ils logent au très chic hôtel de France.

Adossée à l'arrière du saloon, comme si on l'avait ajoutée par la suite, se trouve la cuisine, avec un poêle, une table où préparer la pâte à biscuit et trancher le lard fumé, des tablettes où sont rangées des piles d'assiettes et de tasses. Il reste très peu d'espace pour moi, de sorte que je me cogne tout le temps un genou ou une hanche lorsque je me déplace.

Et il y a le vieux Jackson. Personne ne sait d'où il vient, et certains disent qu'il était déjà là quand la ville a été construite. Il a droit à sa couchette personnelle, dans l'arrière-salle, et au déjeuner du matin. Le reste de la journée, il reste assis à boire du whiskey. Avec tout ce qu'il boit, on s'attendrait à ce qu'il soit méchant, mais il a les manières et le parler d'un gentilhomme, et il n'utilise pas le crachoir. J'ai essayé de deviner son âge, mais il pourrait avoir 30 ans tout aussi bien que 100 ans! Certains disent que c'est un voleur, qu'il cambriolait des banques à New York et qu'il se serait réfugié ici pour échapper à la justice. Après avoir entendu cela, je me suis mise à l'observer plus attentivement. À mon avis, il n'a pas du tout l'air d'un voleur. Tout le monde sait que les hors-la-loi ont des yeux de fouine et un regard mauvais, et qu'ils sont sournois. Un autre bruit court à son sujet : il serait propriétaire d'une concession secrète et serait, en réalité, très riche et pourrait même se loger à l'hôtel de France, s'il le voulait.

Un prospecteur venant de Californie a demandé à M. Mallard s'il allait faire venir des danseuses. Il nous a raconté que, là-bas, dans les saloons, il y a de belles filles que les hommes paient pour les faire danser. « Mais ne leur faites pas porter des crinolines, a-t-il dit. Je me méfie des crinolines, sur les femmes : c'est trop traître. On ne sait jamais ce que ça peut cacher. »

J'ai vu passer dans les yeux de M. Mallard la même lueur que lorsqu'il scrute la chambre où dorment les hommes en se demandant s'il pourrait encore ajouter quelqu'un. Je pense que M. Mallard gagne plus d'argent avec son saloon que la plupart des chercheurs d'or qui passent par ici. J'ai l'impression que nous aurons bientôt des danseuses au saloon.

Je continue de poser des questions à tout le monde, mais toujours pas de nouvelles de papa.

4 octobre 1862 (très tard le soir) ou 4 octobre (très tôt le matin), je ne sais pas lequel exactement

Aujourd'hui, j'ai laissé mes tâches pendant quelque temps pour demander à Talbot de venir au saloon. Il devait y avoir une veillée mortuaire pour un prospecteur, et je me suis dit que Talbot pourrait se faufiler dans la salle et en profiter pour manger à sa faim. Les gens se diraient qu'il est là afin de rendre un dernier hommage au défunt. Il m'a demandé ce qu'il devait faire, si quelqu'un lui parlait du défunt. Je lui ai dit de se contenter de secouer la tête lentement, en prenant un air profondément chagriné chaque fois que quelqu'un se mettrait à parler du mort, et que tout se passerait bien.

C'était ma première veillée mortuaire, et je ne suis pas près de l'oublier! Je me rappelle quand grand-mère Palmer est morte et que nous étions tous assis bien sagement autour du cercueil, la nuit avant son enterrement. Les cérémonies pour maman ont été encore plus courtes. Mais le prospecteur décédé était irlandais et il avait pas mal d'argent, alors les hommes ont dit qu'il fallait faire une cérémonie digne de lui.

La veillée a commencé correctement, dans le calme et la sobriété. Surtout que le prêtre catholique était là. J'ai passé un bon moment à l'observer, car je n'avais jamais vu un prêtre de si près, sauf ceux de la mission Sainte-Anne. Avec ses joues roses et son visage rasé de près, il se distinguait des prospecteurs, qui sont tous moustachus. Et, bien sûr, il portait sa robe noire; le vieux Jackson dit que c'est une soutane. La salle s'est remplie rapidement (toute la ville ayant entendu parler des boissons gratuites, je suppose), et M. Mallard n'a pas arrêté de remplir des verres. J'avais fait des biscuits pendant toute la journée et, comme j'avais trouvé des pommes séchées dans la réserve, j'en avais fait des tartes.

« Ça se prend drôlement bien avec ce whiskey », a dit quelqu'un, en engouffrant une autre part. Il n'a même pas pris la peine d'utiliser une fourchette. Il s'est servi et a mangé avec ses mains!

Puis j'ai vu Talbot qui attendait à la porte. Alors je suis allée le chercher, je l'ai entraîné à l'intérieur et je lui ai mis quelques biscuits dans les poches avant qu'ils disparaissent tous.

Quand il n'est plus rien resté à manger, les hommes se sont mis à raconter des histoires à propos du défunt et, quand ils n'ont plus eu d'histoires à raconter, quelqu'un a dit : « Charlie n'aimait rien plus que de danser. » (Charlie, c'était le défunt.)

Un homme a sorti son harmonica et un autre, son violon, et tous se sont mis à danser (ensemble, puisqu'il n'y avait pas de femmes), en tapant le plancher de bois de leurs grosses bottes, si fort que les murs du saloon en tremblaient.

Mais le pire et, en même temps, le plus drôle, je dois l'avouer, c'est quand celui qui avait proposé de danser est allé retirer Charlie de son cercueil et l'a traîné partout dans la salle en disant que c'était « sa dernière danse avant de se retrouver sous terre ».

Talbot en était bouche bée, et sa mâchoire est tombée encore plus bas quand un verre de whiskey lui a été glissé dans la main. Le regard incrédule, il a regardé le défunt qui dansait, puis le whiskey, et a vidé son verre d'un coup. Après trois verres, il dansait avec les autres.

5 octobre 1862, plus tard

Je n'ai jamais rien vu de pareil! Ce matin, les hommes se tenaient presque tous la tête dans les mains et repoussaient l'assiette de leur déjeuner sans en avoir pris une seule bouchée. Puis un prospecteur est entré dans le saloon, s'est avancé vers le bar et a demandé un whiskey à M. Mallard. Le matin! Les autres ont aussitôt relevé la tête. C'est étrange, mais ces hommes ont l'odorat aussi fin que le meilleur chien de chasse, quand il y a de l'or dans les parages. « Il y a seulement deux raisons de boire du whiskey le matin, m'a chuchoté le vieux Jackson : soit pour dépenser le dernier dollar qui vous reste et dire au revoir à Cariboo avant de rentrer chez vous les mains vides, soit pour célébrer la découverte d'un bon gisement. »

Au bout d'un moment, celui qui avait dansé avec le défunt hier soir s'est approché du prospecteur et l'a salué amicalement de la tête. Puis il a dit, l'air désinvolte : « Je ne t'ai jamais vu par ici. Nouveau dans la région? » L'autre a répondu que oui. Autrement dit, il ne rentrait pas chez lui, et le whiskey était donc pour célébrer quelque chose. Du coup, tous les hommes se sont tus, les oreilles grandes ouvertes. Le prospecteur a soudain saisi ce qui se passait. Alors il a posé son verre et est sorti du saloon à toute vitesse. La porte ne s'était pas aussitôt refermée derrière lui que tous les hommes, du premier jusqu'au dernier, sauf le vieux Jackson, se sont mis à crier de joie, ont attrapé leurs chapeaux et leurs manteaux, et l'ont suivi.

« Et les funérailles? » a crié M. Mallard. Les funérailles du prospecteur décédé étaient prévues pour ce jour-là, à la fin de l'avant-midi. Mais les hommes ne se sont pas arrêtés. Ils devaient absolument suivre le prospecteur afin de voir l'endroit où il avait trouvé sa fortune.

M. Mallard m'a dit de tout nettoyer, puis d'aller faire autre chose pour le reste de la journée, car le saloon était vide et qu'il ne restait plus que lui et le vieux Jackson pour assister aux funérailles. J'étais en train de rapporter une pile d'assiettes, quand je me suis aperçue que Talbot était là. Il avait tout vu et tout entendu, et la fièvre de l'or faisait briller ses yeux. Il m'a dit qu'il allait finir par faire fortune, lui aussi.

Je dois avouer que je lui ai dit une méchanceté, parce que j'étais déçue de le voir partir. « Des pépites d'or grosses comme des fraises et qui ne demandent qu'à être ramassées, je ne peux pas dire que j'en ai vu beaucoup. »

Il a rougi jusqu'à la racine des cheveux, et je savais qu'il se rappelait avoir fanfaronné en racontant que, dans la région de Cariboo, il y avait des pépites d'or pour les fous comme pour les fins. Puis je me suis souvenue de maman qui disait qu'il n'est jamais bon de piquer un homme dans son orgueil, et elle avait parfaitement raison car, tout de suite, j'ai vu que Talbot était résolu à partir, ne serait-ce que pour me donner tort. S'il lui arrivait malheur, eh bien! je serais la seule à blâmer. Dommage que je ne me sois pas rappelé cela avant d'ouvrir la bouche.

M. Mallard a crié après moi parce que je n'avais pas ramassé le crottin de mulet devant la porte d'entrée. Il venait de mettre le pied dedans, semble-t-il.

8 octobre 1862

Chaque fois qu'une feuille tombe, chaque fois qu'il gèle la nuit, je sens le temps qui passe et l'hiver qui approche. Il y a quatre jours, nous avons eu une très grosse tempête de neige et, depuis, il neige un peu chaque jour. Je me rappelle que, quand nous avons quitté Fort Garry, le jour s'étirait jusque tard dans la soirée. Maintenant, c'est la nuit qui déborde dans le jour.

Richfield est en train de devenir plus tranquille,

puisque de nombreux prospecteurs vont aller passer l'hiver à Victoria. Après le tapage journalier habituel, c'est très étrange. Même le saloon se vide. Je sais que je devrais être à la recherche de papa. Il faut que je le trouve bientôt, sinon je vais rester coincée ici tout l'hiver! Mais j'ai demandé à tellement de gens s'ils ne le connaîtraient pas que je ne me décide pas à le faire une fois de plus, de peur de m'entendre dire que non. On dirait que mon cerveau s'est arrêté de penser et que mon corps est trop fatigué pour continuer de bouger. Je ne cesse de me répéter que j'ai traversé des prairies, des montagnes et des rivières afin de le retrouver et que je devrais continuer mes recherches. Mais je reste plutôt ici à faire des biscuits (je suis maintenant réputée dans toute la ville pour mes bons biscuits), à manier le balai et la pelle, et je me dis que je le chercherai demain.

9 octobre 1862

Il a neigé sans arrêt toute la nuit. Je me suis acheté un caleçon long en lainage, au magasin, avec l'argent que j'ai gagné au saloon. J'étais réticente à dépenser cet argent, mais je me suis dit qu'il valait mieux me procurer des vêtements chauds, plutôt que de prendre froid et de me retrouver avec de la fièvre. Le caleçon pique beaucoup!

10 octobre 1862

Je me suis enfin ressaisie. Au saloon, pendant le déjeuner, j'ai entendu les hommes parler du prêtre qui sillonne tous les ruisseaux de la région de Cariboo afin de rendre visite aux prospecteurs. Et s'il avait rencontré papa? Je me demande si une méthodiste peut parler à un prêtre catholique. Si j'avais été plus pieuse, j'aurais peut-être retrouvé papa, à l'heure qu'il est. Autrefois, j'avais l'habitude d'assister aux offices alors que, maintenant, j'ai pris l'habitude de ne *pas* y assister. Un défaut de plus.

J'ai payé pour l'envoi d'une lettre à William et Lola, mais je l'ai adressée au commandant de Fort Garry parce que je craignais que Mme Owen ne l'ouvre, en voyant qu'elle était de moi, et qu'elle ne leur en dise pas un mot. Ils me manquent terriblement. Dans ma lettre, je leur dis que je suis sur le point de retrouver papa, et j'espère que j'y serai parvenue d'ici à ce que ma lettre leur soit livrée.

Le soir

Je suis très excitée! J'ai finalement trouvé le courage de parler au prêtre (il s'appelle le père Alfred), et il a été très gentil. Il a dit qu'il allait se renseigner. J'ai le cœur qui bat à tout rompre, tant je suis excitée!

J'aimerais bien en parler à Talbot, mais il n'est pas là, bien sûr.

11 octobre 1862

Je me cache dans la remise! J'ai eu un tel choc que j'en ai les jambes flageolantes. Je rapportais des assiettes sales à la cuisine quand j'ai entendu une voix que j'ai aussitôt reconnue. John! Je me suis vite cachée derrière le rideau qui sépare la cuisine de la salle, et j'ai jeté un coup d'œil. Il était bien là avec son frère! M. Mallard m'appelle, mais j'ai peur d'y aller. Je vais attendre un peu en espérant que John et Thomas repartent bientôt.

Le soir

Papa est mort, et j'ai probablement perdu William et Lola. Je n'arrête pas de pleurer, cher journal, car j'ai trop de chagrin. Je ne sais pas ce que je dois faire ni ce qu'il va advenir de moi.

En pleine nuit

Je crois que j'ai versé toutes les larmes de mon corps. Je suis dans la maison d'une certaine Mme McManus, car il a été décidé qu'il était préférable pour moi de rester chez elle, maintenant que je suis redevenue Henriette. Je vais te raconter ce qui est arrivé, cher journal, parce que j'ai l'impression qu'il ne me reste plus personne au monde, à part toi.

John et Thomas n'avaient toujours pas quitté le saloon quand j'y suis retournée. Ils m'ont vue et ont dit à M. Mallard que j'étais une fille. Alors les yeux de M. Mallard se sont agrandis, lorsqu'il a appris ma supercherie. Il était en train de me pousser hors du saloon quand le prêtre est entré. Il avait l'air grave, cher journal, et dès l'instant où je l'ai vu, j'ai su que les nouvelles n'allaient pas être bonnes.

Le père Alfred a appris que papa était mort de la fièvre des montagnes, il y a trois jours, au ruisseau

Williams. Il a dit que, pour le moment, personne ne savait où se trouvait son corps, mais qu'il allait s'arranger pour le découvrir.

Papa est mort, et tout est perdu.

12 octobre 1862, très tôt le matin

Je n'arrive pas à dormir. Je sens dans mes tripes que papa n'est pas vraiment mort. Je voudrais que Joe soit là, avec ses tripes, ou Harry ou Talbot. Je n'ai plus personne. J'ai entendu le prêtre dire à M. Mallard que, selon l'homme qui lui a parlé de papa, la concession de papa se trouverait à deux milles en aval et serait marquée par deux grands arbres qui sont tombés l'un sur l'autre et forment un grand X. Le père Alfred a dit aussi à M. Mallard que, selon ce qu'il a entendu, la concession de papa rapportait bien.

Plus tard

Je suis cachée derrière une souche, dans une pente qui surplombe la ville. Le ciel commence à s'éclaircir, et je vais bientôt voir assez bien pour pouvoir marcher. Je m'empresse d'écrire ces quelques phrases afin de me donner du courage. Je m'étonne moi-même de mon audace, cher journal, mais je dois absolument voir la concession de papa de mes propres yeux. J'ai enfilé mes vieux vêtements, pris mes paquets et me suis enfuie de la maison de Mme McManus aux petites heures du matin, quand il faisait encore noir, afin que personne ne me voie partir. J'ai placé la chemise de nuit sous la couverture du lit d'invité de Mme McManus, pour faire comme si j'y dormais encore. La peau de ma nuque picote, cher journal, comme cela arrive quand on a l'impression que quelqu'un nous épie. Il faut que je parte d'ici pendant que j'en ai encore le courage.

Tard l'après-midi

Papa n'est pas mort! Il est très malade, mais bien en vie! Je n'en peux plus, de tous ces chocs! Et aussi, cher journal, Talbot est avec moi! Il est parti voir la concession de papa. Oui, celle de papa. Je l'ai trouvée. Et j'ai trouvé papa aussi. J'ai tellement de choses à te raconter!

Je me suis frayé un chemin dans la neige profonde, le long du ruisseau. Le nombre de prospecteurs a beaucoup diminué, car la plupart vont passer l'hiver plus au sud. Il ne reste plus que les prospecteurs dont les puits profonds peuvent être exploités en hiver et ceux qui cherchent encore désespérément leur première pépite d'or. Je me sentais très seule, et ma nuque a recommencé à picoter, comme si quelqu'un avait été là, en train de m'observer. Mais il n'y avait personne, alors je me suis mise à chanter une chanson que maman me chantait souvent quand j'étais petite et, soudain, quelqu'un a crié : « Et dire qu'on trouvait que Joe chantait comme un pied! Tu ne chantes pas, tu beugles! » C'était Talbot! Sans me soucier des convenances, je l'ai serré très fort dans mes bras. Il avait maigri, et je lui ai demandé s'il avait eu à manger régulièrement. Il m'a raconté qu'il s'était joint à deux hommes qui lui avaient promis une part de leurs profits quand ils auraient trouvé de l'or. Moi, je pense qu'ils l'ont pris avec eux parce qu'il était jeune et qu'il pouvait travailler fort. Ils ont creusé un puits, mais il s'est rempli d'eau et ils n'ont pas trouvé d'or. Talbot s'en retournait à Richfield, quand il m'a entendue chanter.

Même s'il neigeait très fort, nous avons facilement trouvé les deux arbres formant un X et, derrière ceux-ci, une cabane. Talbot est entré le premier parce que j'avais trop peur de ce que nous risquions d'y découvrir. Il en est vite ressorti et il m'a dit qu'il y avait un homme là-dedans, et qu'il était fiévreux. J'étais absolument terrifiée à l'idée d'entrer, mais je me suis forcée à avancer, et j'ai vu papa qui était allongé là, sur une couchette. Il avait beaucoup maigri et portait la barbe. Il s'agitait et se tortillait dans ses couvertures. Je me suis agenouillée à son côté, et il a ouvert les yeux. « Henriette? a-t-il murmuré. Est-ce que je rêve? » Je lui ai dit que c'était vraiment moi. En écrivant ces mots, je m'étonne encore de l'avoir retrouvé.

J'ai demandé à Talbot de faire du feu, car il gelait à pierre fendre là-dedans, et je me suis empressée de préparer du thé pour papa. Je lui ai raconté que tout le monde le croyait mort. Il a dit que c'était son associé, Sam Simpson, qui était mort de la fièvre des montagnes et que lui-même était tombé malade quelques jours plus tôt. Il dort maintenant, et j'ai préparé un bouillon pour le moment où il se réveillera.

Je ne lui ai pas parlé de maman parce que je ne crois pas qu'il soit assez fort pour entendre la nouvelle. Cela peut attendre. J'ai pensé que ce serait une bonne idée d'emmener papa à Richfield, mais Talbot a dit qu'il y avait trop de neige, qu'avec le froid, l'état de papa pourrait empirer et que nous devrions attendre une bonne journée. Je sais que Talbot a raison, mais j'ai tellement peur qu'il arrive malheur à papa! Je ne supporterais pas de le perdre, surtout maintenant, alors que je viens tout juste de le retrouver.

12 octobre 1862, tard

Je n'arrive pas à dormir. Je suis trop inquiète. J'écoute papa respirer et, parfois, il semble aller mieux, mais, à d'autres moments, non. Il neige très fort. Des arbres se cassent et tombent par terre, sous le poids de toute cette neige, et je sursaute au moindre bruit. J'ai dit à Talbot que j'avais entendu des bruits de pas, dehors, mais il a dit que ce n'était rien et que je devrais arrêter de me faire peur.

Après que j'ai fait boire le bouillon à papa et qu'il s'est rendormi, Talbot et moi sommes allés voir la concession. Il y a là un puits profond, que papa et son associé ont dû mettre du temps à creuser. Une échelle permet d'y descendre, mais Talbot a préféré que j'utilise le baquet attaché à un câble. J'étais très excitée à l'idée de voir des paquets d'or, mais je n'ai rien vu scintiller. Il faisait juste sombre, humide et froid. Ensuite, j'ai laissé Talbot là et je suis retournée dans la cabane afin de voir comment papa allait. Papa s'est réveillé une fois, avant que Talbot revienne et, cher journal, il m'a parlé, mais je ne sais pas si je dois le croire, car la fièvre le fait délirer. Il n'arrête pas de répéter qu'il a caché son or « à la croix ». Je ne comprends pas ce qu'il veut dire. J'essaie de décider si je dois en parler à Talbot.

13 octobre 1862, tôt le matin

Nous l'avons trouvé! Nous avons trouvé l'or de papa! J'étais en train de glisser doucement dans le sommeil quand, tout à coup, j'ai compris ce que papa voulait dire par « à la croix » : ce sont les deux arbres qui marquent sa concession! J'ai réveillé Talbot et insisté pour que nous allions voir tout de suite. Au début, il n'était pas trop excité à l'idée de sortir la nuit, dans la neige et le froid, mais quand je lui ai dit que nous allions chercher de l'or, il a dressé l'oreille. Il nous a fallu une bonne heure pour déblayer la neige et, dans un creux au milieu des racines d'un des arbres, nous avons trouvé l'or! Pendant tout le temps que nous creusions, la nuque me picotait, mais Talbot a dit que ce n'était qu'une de mes peurs. Je lui ai dit que je n'aimais pas nos traces de pas bien visibles, qui se rendaient de l'arbre à la cabane. Il a dit qu'il allait cacher l'or ailleurs et que j'arrête de m'inquiéter. En ce moment, j'attends qu'il revienne.

14 octobre 1862

Nous nous sommes bien amusés! Je vais tout écrire, dans les moindres détails, afin de ne jamais oublier. William aura l'impression de lire le récit d'une grande aventure et va être vert de jalousie, que ce me soit arrivé à moi et pas à lui. Je peux l'affirmer, maintenant que tout est terminé, mais, à un certain moment, j'ai bien cru que tout était perdu!

Bon, voilà. Talbot est bel et bien rentré, mais il n'était pas seul! John l'accompagnait, le fusil pointé dans le dos de Talbot! John a dit qu'il m'avait suivie jusqu'à la concession. Il revenait des cabinets du saloon et m'a vue m'enfuir de chez Mme McManus. C'était donc à cause de lui que la nuque me picotait! Je savais bien que quelqu'un me suivait. Je lui ai dit que je lui montrerais où était l'or s'il nous cessait de nous importuner et nous laissait ramener papa en ville! Heureusement que papa dormait pendant ce temps-là!

Donc, le fusil de John pointé dans le dos, Talbot et moi avons marché jusqu'au puits en nous enfonçant dans la neige jusqu'aux genoux. Mon plan était de dire à John que l'or se trouvait au fond du puits. Quand John aurait descendu l'échelle, je la retirerais avec l'aide de Talbot et nous le laisserions moisir là, dans son trou. J'étais pas mal fière de mon plan. Malheureusement, quand nous sommes arrivés devant le puits, John a dit à Talbot de descendre et de rapporter l'or. Je dois avouer que je n'avais pas prévu cela.

Pour gagner du temps, Talbot a fait semblant de bien

placer l'échelle, tout en jetant des regards désespérés de mon côté; de toute évidence, il se demandait quel était mon plan exactement et pourquoi je ne le mettais pas immédiatement à exécution. Mais mon esprit était plus bouleversé que jamais! Finalement, Talbot a dû descendre dans le puits.

Au bout de quelques minutes, il a crié : « Fais descendre le baquet pour que j'y mette l'or. »

John m'a fait signe de faire tourner la manivelle du treuil. Quelques minutes plus tard, j'ai commencé à remonter le baquet. (Talbot l'avait rempli de pierres, comme je l'ai ensuite découvert.) J'ai laissé la corde s'échapper de mes mains et j'ai dit à John que je n'arrivais pas à remonter le baquet toute seule. Il m'a poussée et a saisi la manivelle. Mais, comme il avait, lui aussi, de la difficulté, il a été obligé de poser son fusil par terre. J'ai pensé m'en emparer, mais je n'étais pas sûre de pouvoir tirer sur John, si cela devenait nécessaire, et de toute façon, il m'a demandé de l'aider à faire tourner la manivelle.

Nous avons réussi à lui faire faire quelques tours mais, tout à coup, le baquet s'est coincé. John a lâché la manivelle, s'est penché au-dessus du puits et a demandé à Talbot de regarder ce qui pouvait bien bloquer le baquet.

Et là, j'ai lâché la manivelle et elle s'est mise à tourner à toute vitesse. Elle a frappé John en plein dans le dos, et il a basculé dans le puits, tête première!

J'étais horrifiée. Je pensais l'avoir tué.

À cet instant, le vieux Jackson et M. Mallard sont arrivés, sur leurs raquettes. Je ne suis pas trop fière de moi, cher journal, mais je dois avouer qu'en les voyant, je me suis mise à sangloter. J'avais même du mal à respirer, tellement je pleurais à l'idée d'avoir assassiné John.

Talbot nous a fait savoir que John était dans les pommes et que l'arrière de sa tête était orné d'une bosse grosse comme un œuf, mais qu'il respirait normalement. Talbot a retiré les pierres du baquet avant d'y placer John, que M. Mallard et le vieux Jackson ont hissé hors du puits.

Nous nous sommes tous rendus à la cabane, les hommes traînant John, qui était toujours inconscient. Quand il a repris connaissance, le vieux Jackson lui a demandé pourquoi il avait essayé de nous voler notre or. John nous a expliqué que, s'il était rentré en ville avec de l'or, son frère aurait eu la preuve qu'il n'était pas un bon à rien. La rumeur voulant que la concession de papa soit pleine d'or se serait répandue comme une traînée de poudre dans la ville. En me voyant m'enfuir de chez Mme McManus, John aurait décidé de me suivre. Quand il a entendu cette histoire, le vieux Jackson s'est contenté de secouer la tête, puis il a dit qu'il ramenait John à Richfield afin de le faire comparaître devant le juge Begbie.

John est devenu si pâle que j'ai cru qu'il allait s'évanouir de nouveau. Le juge Begbie a la réputation d'être très dur à l'égard de ceux qui enfreignent la loi.

Pendant que John essayait de convaincre le vieux Jackson et M. Mallard de ne pas l'amener chez le juge Begbie, j'ai entraîné Talbot dehors. Talbot m'a expliqué que John avait réussi à se raccrocher au câble, dans sa chute, et que, sans cela, il se serait cassé le cou et serait mort à l'heure qu'il est, mais son récit ne m'intéressait pas vraiment. Je suis contente, bien sûr, que John ne se soit pas cassé le cou, mais j'avais une question à poser à Talbot, et elle me brûlait les lèvres. Où était l'or?

« Dans les cabinets, voyons, m'a-t-il répondu. Le dernier des endroits où on songerait à aller le chercher. »

Je lui ai dit que c'était tout à fait dégoûtant. Il a répliqué que tout était gelé, là-dedans. Gelé ou non, c'est quand même dégoûtant, cher journal!

Quand nous sommes rentrés, le vieux Jackson m'a demandé ce qui m'avait pris de faire peur à tout le monde en m'enfuyant au beau milieu de la nuit. Je lui ai présenté mes excuses et lui ai dit que je regrettais sincèrement de leur avoir causé tellement de soucis. Mme McManus m'avait laissée dormir toute la journée, croyant que j'étais effondrée de chagrin, et n'avait donné l'alarme que dans la soirée, après être allée me réveiller et n'avoir trouvé que ma chemise de nuit, sans moi dedans!

M. Mallard et le vieux Jackson ont dit que, d'après eux, il vaudrait mieux ramener papa en ville. Nous l'avons donc emmitouflé, puis les hommes l'ont placé sur un toboggan de fortune et l'ont ramené à Richfield. John a réussi à parcourir toute la distance avec nous, même s'il trébuchait souvent. Un docteur d'ici m'a dit que la fièvre des montagnes est très dangereuse et que j'ai de la chance que papa y ait survécu. Il m'assure que papa va remonter la pente maintenant, mais qu'il restera faible pendant très longtemps.

En ce moment, cher journal, j'écris tout ceci dans notre chambre, au chic hôtel de France. Nous resterons ici tout l'hiver, le temps que papa recouvre la santé. L'hôtel n'est vraiment pas si chic que cela. À vrai dire, je préférerais presque retourner au saloon, mais je crois que je n'en reverrai pas l'intérieur de sitôt. J'ai pu prendre un bon bain et nettoyer mes vêtements de garçon. Et Mme McManus m'a donné une de ses vieilles jupes. J'ai tellement grandi depuis que j'ai traversé les montagnes que je n'ai même pas eu besoin de la raccourcir.

Talbot a hâte de revoir son père, alors lui et le vieux Jackson vont bientôt partir pour Victoria.

J'ai terriblement sommeil, cher journal, et je dois avouer que ce lit d'hôtel est vraiment confortable. Je crois que je suis contente de ne pas avoir à voyager pendant quelque temps. Mes pieds n'en peuvent plus, d'avoir tant marché. Et j'ai l'impression que ma main va se détacher de mon poignet après avoir tant écrit!

17 octobre 1862

Papa et moi avons finalement pu parler de maman, tout en versant quelques larmes. Je lui ai redonné l'alliance et la montre de maman, que j'avais réussi à garder tout au long du voyage. J'ai déclaré qu'en souvenir d'elle, j'essaierais de me corriger de mon entêtement, mais il m'a fait remarquer que c'est sans doute grâce à ce trait de caractère que j'avais réussi à traverser les prairies et les montagnes afin de le retrouver. Il m'a redonné la montre en me disant que je pouvais la garder et que maman serait très fière de moi. Et nous avons encore pleuré.

Je lui ai parlé de William et Lola, et des Owen qui veulent les emmener à Toronto. J'étais soulagée de pouvoir enfin me délester d'une partie de ce fardeau. Papa a dit qu'il remettrait une lettre à Talbot et au vieux Jackson, qui pourront la poster quand ils arriveront à Victoria. Dans la lettre, il dira aux Owen qu'il n'est *pas question* qu'ils emmènent William et Lola avec eux puisque nous serons de retour au printemps et que nous viendrons les chercher. Papa a dit qu'il nous avait envoyé deux autres lettres, mais elles ont dû arriver après mon départ ou bien elles se sont égarées.

Une journée pleine d'adieux, cher journal. Le vieux Jackson nous a rendu visite et a dit qu'il avait décidé de ne pas traîner John devant le juge et qu'il l'avait ramené à Thomas, ce qui, à notre avis à tous deux, est un châtiment bien pire! Puis le vieux Jackson a dit qu'il ne pensait pas revenir à Cariboo, le printemps prochain. Il n'aime pas rester longtemps au même endroit. J'ai finalement eu le courage de lui demander d'où il venait et, après quelques hésitations, il a fini par répondre qu'il était autrefois gérant dans une banque à New York (je me demande si c'était vraiment un cambrioleur!), puis il m'a raconté tout plein de choses à propos de la ville. Elle m'a l'air fantastique! Talbot aussi nous a rendu visite (mais lui, il reviendra, et tu sauras bientôt pourquoi, cher journal), et il fallait voir sa tête quand il m'a vue vêtue d'une jupe! Nous nous sommes assis dans deux fauteuils, dans le hall de l'hôtel, comme de parfaits étrangers, et nous nous sommes dit au revoir. Je lui ai demandé de m'envoyer des nouvelles des Schubert, s'il le pouvait, car je pense souvent à eux. Quand je l'ai vu sur le point de franchir le pas de la porte, je me suis soudainement rappelé que ce garçon était Talbot, mon meilleur ami, et je l'ai serré rapidement dans mes bras. Il a souri et a dit : « On se reverra au printemps prochain, Henri. » Nous n'étions plus des étrangers.

Comme promis, cher journal, je vais t'expliquer pourquoi je sais que Talbot va revenir. C'est parce que papa a cédé des parts de sa concession à Talbot et à M. Dyer, pour les remercier de s'être occupés de moi durant le voyage. Au bureau des mines, j'ai demandé au commis de revérifier son registre des concessions, car il m'avait dit que le nom de papa ne s'y trouvait pas. Son nom y était bel et bien inscrit, juste au-dessous de celui de son associé, Sam Simpson! Je savais que ce commis n'avait pas bien regardé! Puis Talbot et moi avons eu la même idée : Harry et Joe devraient aussi en avoir une part. Les documents appropriés seront établis à Victoria, quand on aura retrouvé Harry et Joe.

Papa m'a cédé une part en propre. Il m'a demandé si je voulais retourner dans notre ancienne maison, à l'est, une fois que nous aurons récupéré William et Lola. J'y ai réfléchi, puis je lui ai répondu que j'aimais le pays, ici, et que je serais heureuse d'y rester. Il était d'accord et a dit qu'il avait assez d'argent pour acheter une propriété, construire une bonne maison et se lancer dans les affaires. Il a dit qu'il en avait plus qu'assez de faire de la prospection!

Je croyais que j'allais me sentir très triste, quand ils sont tous partis, mais pas du tout. Je suis de nouveau avec papa et je sais que je vais bientôt revoir William et Lola. C'était toute une aventure, de voir ces prairies, ces montagnes, ces rivières aux eaux tumultueuses et cette poussière d'or. Maman disait toujours que les femmes aiment bien s'établir quelque part et ne pas avoir à se déplacer tout le temps, mais je crois que j'aimerais quand même visiter New York, un de ces jours. J'espère que ce goût de l'aventure, nouveau chez moi, n'est pas le signe d'une autre mauvaise habitude!

Épilogue

Henriette et son père ont passé un hiver paisible à Richfield, avec une centaine d'autres personnes qui n'étaient pas reparties plus au sud, à Victoria ou à New Westminster. Au retour du printemps, la ville a été rapidement désertée au profit d'une nouvelle ville en plein essor : Barkerville. M. Palmer avait recouvré la santé, et Henriette et lui se sont rendus à Victoria. À la fin d'avril, M. Palmer a réservé une place sur un navire, afin d'aller chercher William et Lola. Il allait descendre en bateau le long de la côte ouest, traverser l'isthme de Panama en train (le canal n'était pas encore construit), puis remonter la côte est des États-Unis en bateau et, finalement, se rendre jusqu'à Fort Garry en train et en bateau à vapeur. Avant que le chemin de fer du Canadien Pacifique soit terminé (ce qui a été fait 20 ans plus tard), traverser le Canada par voie de terre était passablement compliqué! Pendant l'absence de son père, Henriette a pris pension dans une famille de Victoria et a fréquenté l'Académie Sainte-Anne.

Le printemps a aussi ramené les prospecteurs à Cariboo, dont Talbot et son père, et Joe et Harry Morgan. Ils se sont aussitôt mis à exploiter la concession Palmer, sur le ruisseau Williams. La concession était riche en or et elle a fourni un bon rendement, suffisant pour tous ceux qui en possédaient une part. Henriette a reçu sa part en argent, qu'elle a déposée à la banque, à Victoria.

Au début de l'automne, M. Palmer est revenu, et Henriette a retrouvé William et Lola avec une immense joie. La famille a loué une maison et s'est établie à Victoria, où Henriette et les enfants ont pu aller à l'école. Henriette a passé de nombreuses soirées à lire à voix haute des passages de son journal relatant ses aventures. Lola en était béate d'admiration et William, vert de jalousie!

Au printemps 1864, M. Palmer a emmené toute la famille dans la vallée de l'Okanagan, au centre de la Colombie-Britannique, où il a exploité une propriété de 160 acres bordant le lac Okanagan, près de la rivière Trout. Il a élevé du bétail et a aussi construit un moulin. Trois ans plus tard, M. Dyer et Talbot ont acheté une propriété jouxtant celle des Palmer, où ils ont bâti un ranch et ouvert un petit magasin. Comme le travail de prospection s'était avéré trop dur pour M. Dyer et que le rendement de la concession diminuait, Talbot et lui avaient décidé de confier les opérations à Joe et Harry.

En 1869, Talbot et Henriette se sont mariés, ce à quoi les deux pères s'attendaient, même si les deux futurs époux trouvaient toutes les occasions de se disputer. Tandis qu'Henriette s'occupait du magasin, Talbot pouvait consacrer tout son temps à élever du bétail sur leur ranch. Ils parlaient souvent de leur voyage jusqu'à Cariboo, et Talbot ne manquait jamais une occasion de rappeler à Henriette combien elle était peureuse. Le couple a eu six enfants : deux garçons, Alfred et Harry, et quatre filles, Lola, Catherine,

Élisabeth et Béatrice. Henriette a su créer autour d'elle une atmosphère douce et chaleureuse. Comme il n'y avait pas d'école à proximité, elle a fait venir une gouvernante pour veiller à l'éducation des enfants. D'un tempérament calme et posé, Talbot a été recruté comme magistrat pour la région. M. Dyer a été un grand-père attentionné, mais il ne s'est jamais remis complètement du long voyage à pied ni du dur travail de prospection, et il s'est éteint en 1875.

La même année, Joe et Harry Morgan sont venus s'installer chez William et Georges Palmer, car la mine s'était tarie. Moins d'un an plus tard, Joe, se laissant guider par ses « tripes », a demandé la main de la gouvernante des Dyer, et cette dernière a accepté. Le couple s'est installé tout près, s'est lancé dans l'élevage du bétail et a cultivé un verger.

Lola est retournée à Victoria en 1865 afin de fréquenter l'Académie Sainte-Anne. Une fois diplômée, elle a été engagée comme gouvernante dans une famille de Victoria. Elle a rencontré un médecin anglais, de passage au pays, et l'a épousé. Le couple est parti pour l'Angleterre peu de temps après le mariage et s'y est établi définitivement. Lola et Henriette ont correspondu régulièrement durant toute leur vie, mais elles ne se sont jamais revues.

William ne s'est jamais marié et, après la mort de M. Palmer, en 1880, il s'est occupé du ranch familial. Harry Morgan a fini par retourner à London, en Ontario.

Grâce à sa légendaire tête de pioche et à sa grande détermination, Henriette a aidé sa famille à refaire sa vie quand leur maison, leurs biens et leur magasin ont été détruits dans un violent incendie, en 1885. Un an plus tard, elle a encore dû faire preuve de beaucoup de courage quand sa fille Béatrice s'est noyée. Béatrice a été enterrée sur la propriété familiale, à côté de ses deux grands-pères.

Malgré sa vie bien remplie qu'elle consacrait au ranch, au magasin et à l'éducation des enfants, Henriette réussissait à trouver le temps d'aller s'asseoir au bord du lac Okanagan afin de peindre ou de dessiner le paysage montagneux qui l'entourait. Son fils aîné, Alfred, a hérité de ses dons artistiques et l'a même surpassée, si bien qu'il est allé étudier les beaux-arts en Angleterre et en France.

Quand Henriette a eu 50 ans, elle a pris l'argent que lui avait rapporté la mine et qu'elle avait déposé à la banque, et Talbot et elle ont fait ce voyage à New York dont elle rêvait depuis si longtemps. Elle a tenu un journal de ce voyage, mais celui-là était relié de cuir et ne contenait aucune colonne de comptabilité. Pendant son séjour à New York, elle a souvent pensé au vieux Jackson, dont elle n'avait plus jamais entendu parler depuis son départ, en 1862.

Henriette est morte du cancer en 1902, à l'âge de 53 ans. Talbot est mort quelques mois plus tard, d'une crise cardiaque. Le journal d'Henriette, tenu pendant son long voyage, est resté dans la famille et a été transmis de mère en fille, comme le plus précieux de tous les biens.

Note historique

L'or! En 1858, la rumeur selon laquelle de l'or avait été découvert en Colombie-Britannique, dans la vallée du fleuve Fraser, s'est répandue comme une traînée de poudre partout dans le monde, incitant des commis de magasins, des fermiers, des marchands, des professeurs, des avocats et des médecins à quitter femme et enfants, dans l'espoir de faire fortune. À San Francisco, des milliers d'hommes se sont entassés sur des bateaux à vapeur afin de se rendre jusqu'à Fort Victoria, plus au nord. D'autres ont passé cinq mois à traverser l'océan Atlantique depuis l'Europe et l'Angleterre, soit en prenant le plus long trajet, qui les faisait passer par l'extrémité sud de l'Amérique du Sud, soit en suivant le chemin le plus court qui leur faisait traverser, par terre, l'isthme de Panama, pour ensuite remonter en bateau la côte ouest des Amériques, jusqu'en Colombie-Britannique.

D'autres ont fait le voyage en diligence et en bateau à vapeur, depuis l'est du Canada jusqu'à la colonie de la rivière Rouge et Fort Garry (aujourd'hui Winnipeg). À partir de là, en 1862, de nombreux prospecteurs en herbe ont entrepris un long et périlleux voyage, à pied, à cheval ou en charrette, à travers les prairies et les montagnes, et traversé de nombreuses rivières, jusqu'aux terrains aurifères de la région de Cariboo. On a donné le nom de « Overlanders » à ces aventuriers. Comme tous ceux qui partaient pour Cariboo, ils emportaient des tentes, des couvertures, des pelles, des haches, des pics, des petits réchauds, des ustensiles de cuisine, du savon, des aiguilles et du fil, des bottes, des chemises de laine, des armes à feu, des bougies et des vivres : haricots secs, lard fumé, farine, sucre, café.

Le plus important groupe d'Overlanders, qui comptait environ 150 personnes, est parti de Fort Garry, avec Thomas McMicking à sa tête et la famille Schubert dans ses rangs. Catherine Schubert était enceinte de son quatrième enfant quand son mari, Augustus, a décidé de quitter la colonie de la rivière Rouge afin d'aller chercher de l'or à Cariboo. Déterminée à ne pas rester seule, Mme Schubert a convaincu les Overlanders de la laisser se joindre au convoi, avec ses trois enfants. Mais elle ne leur a pas dit qu'elle était enceinte.

Le convoi est parti au début du mois de juin de l'année 1862, pour un voyage qui était censé durer deux mois. Malheureusement, quatre mois plus tard, ils étaient toujours en route dans les montagnes de l'est de la Colombie-Britannique actuelle. C'était un voyage extrêmement éprouvant. Ils ont dû traverser des rivières aux eaux tumultueuses, marcher dans des marais où ils s'enfonçaient jusqu'à la taille, franchir des montagnes aux pentes très abruptes et se frayer un chemin à la hache, à travers d'épais taillis. Les moustiques rendaient les gens et leurs bêtes presque fous, et les loups les mettaient à bout de nerfs avec leurs hurlements, sans compter qu'une attaque des Autochtones était toujours à craindre. En réalité, ces attaques étaient plutôt rares, du moins pour les convois qui empruntaient la route la plus au nord, mais la moindre rumeur de conflits, même ceux qui ne concernaient que des bandes rivales, attisait la peur parmi les Overlanders. Chose étrange, les Overlanders de McMicking n'ont pratiquement pas rencontré d'Autochtones, mis à part dans les forts et les missions jalonnant leur route, jusqu'au jour où ils sont arrivés à la cache de Tête-Jaune et ont fait du troc avec une bande de Shuswaps.

Épuisés, les vêtements en lambeaux et, pour certains, les gencives saignantes et les dents déchaussées à cause du scorbut, les gens conduits par McMicking sont finalement arrivés à la source du fleuve Fraser, à la cache de Tête-Jaune, à la fin du mois d'août. Ils ont décidé de se séparer en deux groupes. Les Schubert ont choisi la voie qui leur semblait la plus sûre, par la vallée de la rivière Thompson jusqu'au fort Kamloops, tandis que d'autres ont opté pour la descente du dangereux fleuve Fraser, en radeau et en canot.

Catherine Schubert se trouvait sur un radeau qui descendait la rivière Thompson quand elle a été obligée de s'arrêter dans un village autochtone où, aidée par les femmes de l'endroit, elle a accouché d'une fille qu'elle a nommée Rose. Les Schubert ont ensuite poursuivi leur navigation sur la Thompson pendant trois semaines, jusqu'au fort Kamloops, puis jusqu'aux terrains aurifères de Cariboo, mais ils n'ont pas eu beaucoup de succès là-bas. Découragés, ils se sont finalement établis dans la vallée de l'Okanagan, en Colombie-Britannique.

Le groupe du fleuve Fraser est arrivé à l'embouchure de la rivière Quesnel à la mi-septembre. Fatigués par le voyage et affligés par la perte de quelques hommes, noyés dans le Fraser, la plupart ont décidé de descendre le fleuve jusqu'à son embouchure afin d'aller passer l'hiver à Victoria ou à New Westminster (qui était la capitale de la Colombie-Britannique, à cette époque). Au printemps suivant, certains d'entre eux sont retournés dans les terrains aurifères afin d'y tenter leur chance, tandis que d'autres se sont lancés dans le commerce, l'agriculture ou l'élevage et se sont ainsi retrouvés parmi les premiers Blancs à s'établir en Colombie-Britannique.

Dans l'un des convois se trouvait l'artiste anglais William George Richardson Hind, qui était venu de Toronto afin de se joindre aux Overlanders. Il a peint et dessiné des scènes montrant les difficultés qu'ils ont rencontrées lors de la traversée des prairies, des montagnes et des nombreuses rivières, et a ainsi laissé un riche héritage d'histoire canadienne, aussi précieux que de l'or. Comme il avait parfois un caractère difficile, on lui a demandé de quitter un premier groupe de voyageurs, et il a dû se joindre à un autre convoi avec lequel il a poursuivi son voyage vers l'Ouest. Ses peintures et ses croquis de la traversée du continent en direction de Cariboo n'ont été découverts qu'en 1927, dans le grenier de son frère, en Nouvelle-Écosse, et constituent un fabuleux trésor pour tous les Canadiens.

On peut visionner la totalité du *Overlanders of '62 Sketchbook* (carnet de croquis de 1862 sur les Overlanders) de Hind sur le site Internet des Archives nationales du Canada.

Quelle que soit la voie empruntée, le voyage vers Cariboo était des plus difficiles. Les prospecteurs devaient descendre des rapides dangereux, mais aussi traverser des marais et se frayer un chemin à travers la forêt au sol jonché de gigantesques arbres morts. Mais l'attrait de l'or et l'espoir de faire rapidement fortune étaient plus forts que les embûches et la peur à surmonter. En un rien de temps, 30 000 hommes se sont massés dans la basse vallée du Fraser afin d'y prospecter les bancs de sable et de gravier, à la recherche des précieuses paillettes d'or. Ceux qui en trouvaient établissaient leur droit à la concession et se lançaient avec frénésie dans le travail d'extraction.

L'or du Fraser était recueilli au moyen de batées, de rockers ou de sluices. Le travail avec la batée était lent et peu efficace, et se limitait généralement à l'étape de la prospection. On mettait une pelletée de boue dans la batée, un récipient en métal, puis on plongeait celle-ci dans l'eau et on l'agitait en faisant des mouvements circulaires. Avec ses doigts, le prospecteur retirait les gros cailloux et émiettait les mottes de terre afin de libérer les paillettes qui pouvaient s'y trouver et qui, étant plus lourdes, tombaient au fond de la batée.

Le rocker, un genre de berceau, était le moyen le plus rapide de récolter de l'or. Le mineur fabriquait un caisson en bois à bascule et clouait au fond de petites traverses en bois. Avec sa pelle, il déposait une petite quantité de boue dans le caisson, puis ajoutait un seau d'eau tout en faisant basculer l'appareil. La boue, plus légère, et les cailloux ressortaient par le bas, mais l'or se coinçait entre les rainures. Avec un homme qui pelletait la boue et un second qui faisait basculer l'appareil, on pouvait filtrer ainsi 200 seaux de boue en une journée.

L'emploi des sluices demandait un bon approvisionnement en eau. L'appareil était constitué d'un chenal incliné, muni de petites traverses en bois, ou riffles, clouées au fond. On y déposait, au point le plus haut, de petites pelletées de boue et de gravier. L'eau du ruisseau, en descendant la pente, enlevait la terre et les cailloux, et l'or restait coincé entre les riffles. De nombreux prospecteurs s'associaient, formant des groupes de 6 à 20 personnes, afin d'extraire l'or plus rapidement.

Les prospecteurs n'ont pas été les seuls à envahir les terrains aurifères. D'autres s'y sont rendus dans l'espoir de faire fortune, non pas avec l'or, mais avec les chercheurs d'or eux-mêmes. Ils ont ouvert des pensions (avec hébergement sous des tentes), des magasins, des cantines, des saloons et des maisons de jeu. Les opportunistes (voleurs à la tire, tricheurs et malfaiteurs de tout acabit), mus par le désir de dépouiller les prospecteurs de leurs richesses, ne manquaient pas non plus, dans les sites aurifères.

Inquiet par l'arrivée soudaine de milliers de

chercheurs d'or, James Douglas, alors gouverneur de l'île de Vancouver, a décidé d'étendre sa juridiction au bassin du Fraser afin d'en faire une possession britannique. Le parlement de Westminster a aussitôt constitué une colonie qui englobait le fleuve Fraser et tous ses affluents, depuis les montagnes Rocheuses, à l'est, jusqu'à la côte du Pacifique, à l'ouest, et depuis la frontière internationale, au sud, jusqu'à la rivière Peace, au nord. La reine Victoria a donné le nom de Colombie-Britannique à cette nouvelle colonie, et James Douglas en a été nommé le premier gouverneur. L'une de ses premières décisions à ce titre a été d'imposer aux chercheurs d'or l'obtention d'un permis de prospection au coût de cinq dollars. Au début, c'étaient des douaniers qui émettaient ces permis; par la suite, on a ouvert des bureaux des mines, et des commissaires ont pris la relève. L'argent ainsi rapporté servait ensuite à financer le développement de la nouvelle colonie de la Colombie-Britannique.

À mesure qu'ils passaient au crible les bancs de sable et de gravier pour récupérer l'or, les prospecteurs ont été amenés à remonter le cours du Fraser, jusqu'à 650 km à l'intérieur des terres. Dans la région de Cariboo, bordée à l'ouest par le Fraser, et au nord, par la rivière Quesnel, des douzaines de petits ruisseaux venaient alimenter le fleuve. Les accidents, souvent fatals, étaient fréquents quand les hommes et les mulets se rendaient dans cette région : chutes dans des précipices, noyades dans les eaux bouillonnantes du fleuve, etc. Beaucoup ont rebroussé chemin, mais d'autres, comme Billy Barker et John Cameron, ont persévéré et ont été récompensés par la découverte de gisements. Comme dans tous les épisodes de ruées vers l'or, certains en sont revenus bredouilles alors que d'autres sont parvenus à extraire de leurs concessions de l'or qui leur rapportait de 40 $ à 300 $ par jour.

Dans cette région aux nombreux ruisseaux, des hommes se sont regroupés en compagnies afin de creuser des puits profonds dans le lit des cours d'eau et des galeries dans le flanc des vallées, en quête d'or. La région a été entièrement déboisée, car il fallait du bois pour étayer les parois des puits et des galeries, et ainsi prévenir les effondrements, pour construire des cabanes et des abris, pour faire du feu, pour fabriquer des treuils (servant à faire monter des baquets remplis de pierres et de boue), des sluices et les gigantesques roues de Cornouailles (de grandes roues hydrauliques utilisées pour pomper l'eau des puits afin de permettre aux mineurs de creuser plus profondément).

Comme partout ailleurs, les prospecteurs ont été suivis de marchands et de commerçants, et les campements se sont multipliés le long des ruisseaux. Des villes comme Antler, Richfield et Barkerville ont poussé comme des champignons, avec des magasins, des restaurants, des pensions et des églises. Et, comme les prospecteurs avaient besoin de distractions, on a aussi ouvert de nombreux saloons, où ils venaient jouer aux cartes, manger et danser (souvent ensemble car très peu de femmes vivaient dans les régions aurifères). Mais, au fur et à mesure que les prospecteurs se sont déplacés vers de nouveaux terrains, ces villes ont été abandonnées et, de nos jours, celles qui restent sont toutes des villes fantômes.

Reconnaissant la nécessité d'une route qui servirait à acheminer vivres et marchandises diverses vers le région de Cariboo, le gouverneur Douglas a demandé aux Royal Engineers d'entreprendre la construction de la Cariboo Wagon Road (une route carrossable vers Cariboo). Elle s'étendait sur 650 km, depuis Yale, dans le sud de la Colombie-Britannique, jusqu'à Barkerville, au nord. Le dernier tronçon a été terminé en 1865, et cette route a permis de développer l'intérieur du pays.

Le juge Baillie Begbie, venu d'Angleterre, était chargé de faire régner l'ordre dans la région. Il avait étudié le droit à l'Université de Cambridge, avait beaucoup voyagé et avait soif d'aventures. Il s'est rendu jusque dans la région de Cariboo afin d'y rendre la justice et a profité de son séjour là-bas pour dresser une carte de la région et faire des relevés météorologiques et botaniques. Il était considéré comme un bon juge, juste et sans préjugés raciaux. Le surnom de « hanging judge » (le juge qui condamne tout le monde à la pendaison), qui lui a été attribué après sa mort, relève en partie de la légende. Grâce à sa réputation d'agir promptement et, à l'occasion, durement, et grâce aussi à la présence d'un contingent de soldats et d'officiers de police, les autorités ont pu garder la maîtrise des prospecteurs.

Mais la région de Cariboo était une vaste contrée encore sauvage et, malgré la présence de ces représentants de la loi, des prospecteurs ont été dépouillés de leur or et même assassinés.

En 1864, une centaine de compagnies avaient déjà prospecté plus de 300 concessions situées le long des ruisseaux de la région de Cariboo. Bien que la plus grosse partie de l'or de ces gisements ait été extraite avant 1870, certaines concessions ont été exploitées jusqu'au début du XXe siècle. On estime à 30 millions de dollars la valeur totale de l'or extrait de cette région. Mais, encore plus important que tout cet or, une nouvelle province, appelée la Colombie-Britannique, est née de cette grande aventure.

Le roman historique est un mélange de réalité et de fiction. La traversée du continent à pied et la ruée vers l'or dans la région de Cariboo sont véridiques, de même que les personnages suivants : Thomas McMicking, la famille Schubert (Augustus, Catherine et leurs trois enfants, Gus Jr., Mary Jane et James), William George Richardson Hind, James Sellar, James Carpenter, Alexander Fortune, William Fortune, Eustache Pattison, James Wattie, William Wattie, Charles Rochette, le révérend Corbett, James Kelso, W.W. Morrow, Felix Munroe, Robert Warren, Alexander Robertson, J. Douglas, le docteur Edward Stevenson et le juge Matthew Baillie Begbie. Les autres personnages de l'histoire d'Henriette sont le fruit de l'imagination de l'auteure.

Le fort Garry en 1860 avec, en bas à droite, le chaland servant à traverser la rivière Rouge

Thomas McMicking a été choisi comme chef des Overlanders par ses compagnons de route. Il s'est noyé, quatre ans après son arrivée en Colombie-Britannique, en essayant de sauver son fils William de la noyade.

Départ du fort Garry en 1862. L'artiste William George Richardson Hind, qui s'était joint à l'un des convois, a croqué sur le vif les gens et les paysages, durant tout le trajet.

Catherine Schubert, épouse d'Augustus Schubert, voulait absolument accompagner son mari. Elle était enceinte et elle a donné naissance à son quatrième enfant dans un village autochtone, situé près de la rivière Thompson.

Convoi de charrettes tirées par des chevaux, plutôt que par des bœufs, en route pour la rivière Rouge (1862)

Les Overlanders ont dû traverser de nombreuses rivières. Parfois, les bœufs et les charrettes pouvaient être transportés sur des radeaux. À d'autres moments, on faisait traverser les bœufs à gué ou, même, à la nage.

151

Une vue que les Overlanders en avaient probablement assez de regarder, après plusieurs semaines de voyage. Les bœufs ont été utiles pour traverser les prairies et ont, par la suite, servi à porter les bagages quand il est devenu impossible d'utiliser les charrettes.

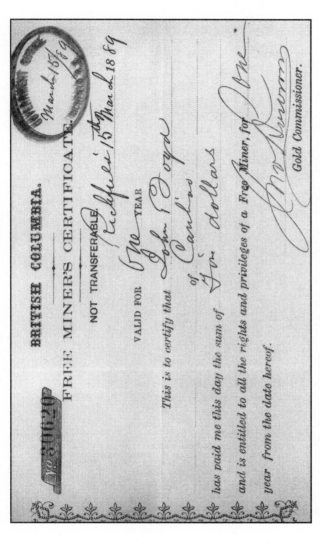

Permis de prospection minière délivré en 1889 par le Commissaire aux mines d'or de Richfield. Le prix était le même qu'en 1862 : cinq dollars.

Train de mulets en 1868, à Barkerville. Bien que les mulets aient été couramment utilisés comme bêtes de somme, on se servait aussi de bœufs, sur le dos desquels on mettait des bâts.

Un des derniers chameaux utilisés comme bêtes de somme à Cariboo. Ils avaient d'abord été ramenés de Russie afin d'être utilisés dans les terrains aurifères de Californie. Par la suite, 23 d'entre eux ont été emmenés plus au nord, en Colombie-Britannique.

Des Autochtones, hommes et femmes, comme celles-ci à Moricetown vers 1900, étaient recrutés pour porter du matériel.

Galerie de la Never-sweat Company, au ruisseau Williams en 1868

Hommes posant devant un treuil de la concession Barker, au ruisseau Williams, en 1867

Prospecteurs en train de chercher de l'or au moyen d'une batée

Roue de Cornouailles, utilisée pour pomper l'eau des puits

La mine Sheephead, au ruisseau Williams, en 1867

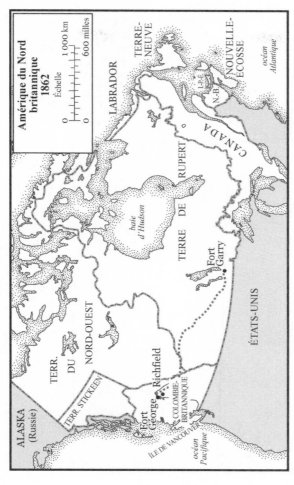

Le Canada en 1862. Le trajet des Overlanders, de Fort Garry jusqu'à Cariboo, est indiqué sur la carte.

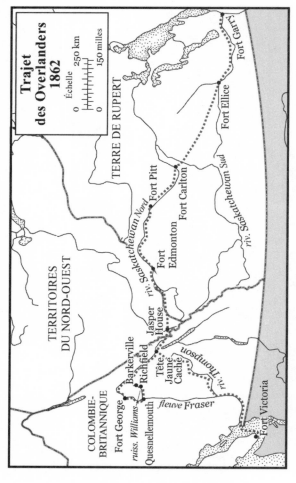

Après avoir franchi les montagnes, les Overlanders descendaient le fleuve Fraser. La famille Schubert, avec quelques autres, a plutôt descendu la rivière Thompson.

Remerciements

Page couverture, portrait en médaillon : Détail de *The Zandvoort Fishergirl, 1884*, d'Elizabeth Adela Stanhope Forbes. Gracieuseté de Newlyn Orion Galleries Ltd., Penzance, Cornouailles, Royaume-Uni / Bridgeman Art Library.

Page couverture, arrière-plan : Détail d'une photo coloriée du village minier de Richfield (Colombie-Britannique), 1867-1868, Archives nationales du Canada, C-24290.

Page 148 (haut) : Manton Marble, *Fort Garry in 1860*, Archives provinciales du Manitoba.

Page 148 (bas) : Thomas McMicking, Archives de la Colombie-Britannique, A-01418.

Page 149 (haut) : *Miners Leaving Fort Garry*, tiré du *Overlanders of '62 Sketchbook* de William Hind, Archives nationales du Canada, C-009583.

Page 149 (bas) : Catherine, épouse de Francis Augustus Schubert, Archives de la Colombie-Britannique, A-03081.

Page 150 : William Hind, *Red River Cart Train*, Metro Toronto Library, Collection John Ross Robertson, T16352.

Page 151 (haut) : *Crossing the Assiniboine from the East Side*, tiré du *Overlanders of '62 Sketchbook* de William Hind, Archives nationales du Canada, C-022710.

Page 151 (bas) : *Ox cart crossing a river*, tiré du *Overlanders of '62 Sketchbook* de William Hind, Archives nationales du Canada, C-033708.

Page 152 : *Rear View of a Harnessed Ox*, tiré du *Overlanders of '62 Sketchbook* de William Hind, Archives nationales du Canada, C-033710.

Page 153 : Permis de prospection minière octroyé à John Boyd, Archives de la Colombie-Britannique, MS-2788, dossier 17.

Page 154 : Train de mulets, Barkerville, Archives de la

Colombie-Britannique, C-08171.
Page 155 : Le dernier chameau de la route de Cariboo,
Archives de la Colombie-Britannique, A-00347.
Page 156 : Moricetown, Porteuses indiennes, Archives de la
Colombie-Britannique, G-04121.
Page 157 (haut) : Galerie de la Never-sweat Company, ruisseau
Williams, C.-B., 1868, Frederick Dally, Archives nationales du
Canada, C-173.
Page 157 (bas) : Treuil de la concession Barker, ruisseau
Williams, C.-B., 1867-1868, Frederick Dally, Archives
nationales du Canada, C-19424.
Page 158 : Prospecteurs travaillant à la batée, Glenbow
Museum, NA-2426-10.
Page 159 : Roue de Cornouailles, Archives de la Colombie-
Britannique, A-00558.
Page 160 : Mine Sheephead, ruisseau Williams, C.-B., 1867-
1868, Frederick Dally, Archives nationales du Canada, C-
19423.

Les dessins des pages 33, 64 et 103 sont de Bree Flowers.
Pages 161 et 162 : Cartes de Paul Heersink/Paperglyphs.
Données des cartes © 2002 Gouvernement du Canada, avec la
permission de Ressources naturelles Canada.

Merci à Barbara Hehner, pour sa relecture attentive du
manuscrit. Et pour m'avoir fait bénéficier de leur expertise
historique, merci à Richard Thomas Wright, auteur de
Overlanders 1858 Gold, à Jean Barman, professeure émérite en
sciences de l'éducation à l'Université de la Colombie-
Britannique et auteure de *The West Beyond the West: A History of
British Columbia*, et Roderick J. Barman, professeur émérite
d'histoire à l'Université de la Colombie-Britannique et auteur
de l'article « Packing in British Columbia », publié dans *The
Journal of Transport History* (septembre 2000).

À ma nièce, Jennifer Haworth,
qui a réussi à gravir quelques montagnes.

Quelques mots à propos de l'auteure

Barbara Haworth-Attard aime beaucoup écrire des romans historiques. Dans plusieurs de ses livres, l'histoire se déroule dans les temps passés. Toutefois, son intérêt pour les gens qui ont fait à pied le périlleux voyage vers Cariboo lui est venu, en partie, de manière fortuite. « Je faisais la recherche documentaire pour un autre livre, quand je suis tombée pour la première fois sur l'appellation « Overlanders », explique-t-elle. Je l'ai notée, comme je le fais souvent quand un sujet m'intéresse, et j'ai continué mon projet initial. C'est avec grand plaisir que j'ai plus tard approfondi mes connaissances sur le périple des Overlanders, depuis Fort Garry jusqu'à Cariboo, pour la rédaction du livre. »

Ce qui la fascinait dans cette histoire était que ces gens, pour la plupart des gens ordinaires, commis, artisans ou commerçants, aient réussi à survivre à une expédition aussi hasardeuse. « Je suis toujours intriguée par les gens qui ont le goût de l'aventure : ceux qui regardent une montagne et ont envie de l'escalader, ceux qui regardent l'océan et ont envie de le traverser, ceux qui regardent le ciel et voudraient atteindre les étoiles. Mais je trouve encore plus fascinants les gens qui ne sont pas nécessairement des aventuriers au vrai sens du terme, mais qui, comme Henriette, sont entraînés dans des situations qu'ils n'auraient pas recherchées eux-mêmes et, ce qui est plus important encore, se montrent à la hauteur de la situation. »

Henriette était un personnage intéressant, raconte Barbara. « Quand on écrit un roman historique, l'un des plus gros défis est de fournir, à travers les yeux de ses personnages, une vision adéquate de l'époque et de s'y tenir rigoureusement, sans se laisser distraire un seul instant. » Afin d'y parvenir, Barbara s'appuie largement sur des journaux intimes et des comptes rendus d'époque, qui sont comme des fenêtres ouvertes sur la vie d'autrefois. « Pour moi, la partie la plus intéressante du travail d'écrivain est la création de personnages qui laissent au lecteur une impression de réalité, quand il a terminé sa lecture. »

Barbara admire le courage et la détermination d'Henriette, des qualités dont les gens qui accompagnaient McMicking ont eu grand besoin pour atteindre Cariboo. « D'après moi, l'histoire des Overlanders est l'illustration d'une immense force intérieure, celle qui permet de continuer à marcher, même quand on pense ne plus pouvoir faire un seul pas, qui rend capable de manger de la viande de mouffette (et de trouver cela bon!) parce qu'on a faim et de tendre la main à son compagnon quand il lui arrive de trébucher. Je pense à Catherine Schubert, avec ses trois enfants et un quatrième à naître, traversant des marécages et des forêts, et je me dis que je n'en aurais jamais été capable. Pourtant, et assez étrangement, la plupart d'entre nous arriveraient à en faire autant, s'il le fallait.

« Et – Dieu merci! – nous avons tous un fond

d'audace, de courage et de persévérance, parce que ce sont ces caractéristiques humaines qui ont rendu possibles la fondation du Canada, l'exploration de la planète Mars, la production de vaccins contre la variole et la poliomyélite, l'amélioration des traitements anticancéreux, et qui permettent encore la création musicale et artistique et, même, l'invention de choses aussi terre à terre que de nouvelles techniques agricoles. » Barb se plaît à croire que l'histoire d'Henriette pourrait encourager de jeunes lectrices et de jeunes lecteurs à travailler à la réalisation de leurs rêves, même quand ils ont l'impression qu'ils n'en sont plus capables. Son conseil (et celui d'Henriette) : « Vous en êtes vraiment capables. »

Barbara Haworth-Attard a publié en anglais plus d'une dizaine de livres, dont la moitié sont des romans historiques, les autres se rangeant dans les catégories de la science-fiction et du roman contemporain. Plusieurs de ses livres ont été mis en nomination ou présélectionnés pour des prix tels le Prix du Gouverneur général, le Prix du livre M. Christie, ainsi que les prix Geoffrey Bilson, Silver Birch et Red Cedar.

Bien que les événements évoqués dans ce livre,
de même que certains personnages,
soient réels et véridiques sur le plan historique,
le personnage d'Henriette Palmer est une pure création de l'auteure,
et son journal est un ouvrage de fiction.

Catalogage avant publication de Bibliothèque et Archives Canada

Haworth-Attard, Barbara, 1953-
[Trail of broken dreams. Français]
Rêves déçus : le journal d'Henriette Palmer au temps de la ruée
vers l'or : la longue route vers Cariboo, 1862 / Barbara Haworth-Attard;
texte français de Martine Faubert.

(Cher journal)
Traduction de : Trail of broken dreams.

Pour les 9 ans et plus.

ISBN 978-0-545-99816-1

I. Faubert, Martine II. Titre. III. Titre : Trail of
broken dreams. Français. IV. Collection.

PS8565.A865T7314 2007   jC813'.54   C2007-900043-6

Édition publiée par les Éditions Scholastic,
604, rue King Ouest, Toronto (Ontario) M5V 1E1.

5 4 3 2 1   Imprimé au Canada   07 08 09 10

Le titre a été composé en caractères Stagecoach.
Le texte a été composé en caractères ACaslon Regular.

Dans la même collection :

Bien que les événements évoqués dans ce livre,
de même que certains personnages,
soient réels et véridiques sur le plan historique,
le personnage d'Henriette Palmer est une pure création de l'auteure,
et son journal est un ouvrage de fiction.

Catalogage avant publication de Bibliothèque et Archives Canada

Haworth-Attard, Barbara, 1953-
[Trail of broken dreams. Français]
Rêves déçus : le journal d'Henriette Palmer au temps de la ruée
vers l'or : la longue route vers Cariboo, 1862 / Barbara Haworth-Attard;
texte français de Martine Faubert.

(Cher journal)
Traduction de : Trail of broken dreams.

Pour les 9 ans et plus.

ISBN 978-0-545-99816-1

I. Faubert, Martine II. Titre. III. Titre : Trail of
broken dreams. Français. IV. Collection.

PS8565.A865T7314 2007   jC813'.54   C2007-900043-6

Édition publiée par les Éditions Scholastic,
604, rue King Ouest, Toronto (Ontario) M5V 1E1.

5 4 3 2 1   Imprimé au Canada   07 08 09 10

Le titre a été composé en caractères Stagecoach.
Le texte a été composé en caractères ACaslon Regular.

Dans la même collection :

Mon pays à feu et à sang
Geneviève Aubuchon,
au temps de la bataille des plaines d'Abraham
Maxine Trottier

Mes frères au front
Élisa Bates,
au temps de la Première Guerre mondiale
Jean Little

Entrée refusée
Déborah Bernstein,
au temps de la Seconde Guerre mondiale
Carol Matas

Des pas sur la neige
Isabelle Scott
à la rivière Rouge
Carol Matas

Une terre immense à conquérir
Le journal d'Evelyn Weatherall,
fille d'immigrants anglais
Sarah Ellis